T0244003

Comandante

Edoardo De Angelis
Sandro Veronesi

Comandante

Traducción de Juan Manuel Salmerón Arjona

EDITORIAL ANAGRAMA
BARCELONA

Título de la edición original:
Comandante
© Giunti Editore S.p.A./Bompiani
Firenze-Milano, 2023

Ilustración: © Pyramid, Warren Keelan

Primera edición: mayo 2024

Diseño de la colección: lookatcia.com

© De la traducción, Juan Manuel Salmerón Arjona, 2024

© EDITORIAL ANAGRAMA, S. A., 2024
   Pau Claris, 172
   08037 Barcelona

ISBN: 978-84-339-2434-6
Depósito legal: B. 3124-2024

Printed in Spain

Romanyà Valls, S. A.
Verdaguer, 1, 08786 Capellades (Barcelona)

Corre al rescate con amor,
la paz llegará.

RIVER PHOENIX

Hay tres tipos de hombres:
los vivos, los muertos y los
que se hacen a la mar.

PLATÓN

INTRODUCCIÓN

Este libro nació de una historia milagrosa, y las historias milagrosas han de contarse. Ocurrió en el verano de 2018.

Aquel verano fue terrible en Italia. Como todos los veranos, aumentaron los viajes de emigrantes que huían de los campos de concentración libios, unos viajes que solo podían tener tres desenlaces: o se completaban y los barcos llenos de gente arribaban a Lampedusa, a Malta, a Sicilia, a Calabria; o eran frustrados por la guardia costera libia, que devolvía a los fugitivos a los campos de concentración; o acababan en tragedia porque los motores de las embarcaciones dejaban de funcionar, las zódiacs se desinflaban, las pateras volcaban y los emigrantes se convertían en náufragos. Lo que hizo tan insoportable aquel verano fue que, en lugar de un gran impulso solidario, en Italia se produjo una ola de xenofobia que se ensañó particularmente con esta última clase de personas, aquellas a las que, cuando caían al agua, y aunque se agarraran a algún objeto, no les quedaban más que unas horas de vida. Sobre estas personas, las más desvalidas, se vertían las deyecciones morales más ruines, en forma de eslóganes que las redes sociales repetían: «Que aproveche a los peces», «Y dieron su primer palo al agua», «Fin del crucero», al mismo tiempo que se impedía que la guardia costera italiana interviniera y los inmigrantes se ahogaban. Solo unas pocas embarcaciones de rescate no italianas, las llamadas SAR (Search and Rescue), surcaban las aguas y de vez en cuando rescataban a algunos náufragos, tras lo cual comenzaba la odisea de buscar un puerto en el que desembarcarlos (el gobierno había puesto en marcha la famosa política de «puertos cerrados»). Y entonces la ola de xenofobia se abatía sobre las oenegés que habían fletado esas embarcaciones y que eran objeto de una brutal campaña difamatoria: «Taxis del mar», llamaban a estos barcos, dando a entender que existía una complicidad –nunca probada, pese a las muchas investigaciones judiciales que hubo– entre los rescatadores y los traficantes libios; «taxis» que había que pagar, claro.

En esa época demencial, llena de rabia y frustración, yo no podía dormir. Aquellas atrocidades ocupaban mi mente y nada más me interesaba: en mi vida había reaccionado ante nada de una manera tan radical y profunda. Para traducir mi malestar en alguna acción concreta, me puse en contacto con los responsables de las oenegés y les pedí que contaran conmigo para formar parte de las futuras tripulaciones, pero, sobre todo, y por primera vez en mi vida, fundé un movimiento: me di cuenta de que muchos de los amigos y amigas a los que confesaba mi frustración sentían lo mismo que yo y los reuní bajo el nombre de «Cuerpos», con el que quería expresar mi deseo de interponer eso, nuestro cuerpo, entre aquella ola xenófoba y sus víctimas. Pero lo hice como si fuera a dar una fiesta de cumpleaños: invité a personas a las que yo estimaba por su compromiso y honradez, y así muchas se vieron incluidas en el grupo solo porque eran amigos míos y sin conocerse entre sí. No los nombraré a todos,[1] pero sí quisiera decir lo que me contestó Antonio Pennacchi, una de las poquísimas personas mayores a las que pedí que se uniera al grupo: «Veronesi, yo ando con dos bastones, pero si me pides que me suba contigo a un barco y ayude a esos pobres desgraciados, te digo que sí».

1. En cualquier caso, la lista es esta, por orden alfabético: Roberto Alajmo, Silvia Bacci, Jasmin Bahrabadi, Alessandro Bergonzoni, Caterina Bonvicini, Marco Cassini, Manuela Cavallari, Teresa Ciabatti, Massimo Coppola, Franco Cordelli, Francesca d'Aloja, Edoardo De Angelis, Luca Doninelli, Stefano Eco, Giuseppe Genna, Silvia Giagnoni, Gipi, Simone Lenzi, Antonio Leotti, Gabriele Muccino, Michela Murgia, Antonio Pennacchi, Riccardo Rodolfi, Elena Stancanelli, Chiara Valerio, Sandro Veronesi, Paolo Virzì, Hamid Ziarati.

Creé, pues, con este grupo de amigos voluntariosos, un chat de Signal que llamé así, «Cuerpos». Uno de estos amigos era Edoardo De Angelis, a quien había conocido poco antes porque mi esposa trabajó en la promoción de su película *Il vizio della speranza*. Ya antes de verlo en persona y sentirme invadido por su energía fraternal, me había llamado la atención un hecho: todas las mañanas, durante el rodaje de la película, enviaba a los miembros del equipo, incluida mi mujer, un mensaje, que él llamaba «nota», con la idea de que les sirviera de inspiración para el resto de la jornada laboral. Estas «notas» eran textos breves que él mismo escribía, muy bellos, cuya lectura era también una fuente de inspiración para mí, que nada tenía que ver con la película y los leía porque quería. Pude así comprobar que Edoardo pertenece a esa clase de directores de cine que escriben bien, lo que, como es lógico, me hizo apreciarlo en especial.

Una mañana, Edoardo publicó en el chat un enlace de la página web Avvenire en el que podían leerse las declaraciones del almirante Pettorino, a la sazón comandante de la guardia costera, quien, en el discurso que dio con motivo del aniversario de la creación del cuerpo, declaró que, aunque cumplía, como era su deber, las órdenes del gobierno, que prohibían a los patrulleros rescatar náufragos en el mar de Libia, también creía que «salvar vidas en el mar es una obligación legal y moral» y, saliéndose del texto que había entregado previamente a las autoridades, es decir, improvisando, se tomó la libertad de recordar la figura del comandante Salvatore Todaro, quien, en la Segunda Guerra Mundial, hundió con su submarino un buque belga en pleno océano Atlántico y luego rescató a su tripulación, contraviniendo así las órdenes expresamente dadas por el almirante alemán Karl Dönitz. Por aquel acto, el propio Dönitz lo llamó, estúpidamente, «el Don Quijote del mar», pero Todaro le plantó cara y defendió enérgicamente su acción aduciendo la misma razón que Pettorino hizo suya cuando manifestó su desacuerdo con las órdenes del gobierno: «Somos marineros», dijo Todaro, y Pettorino repitió: «Somos marineros italianos con dos mil años de civilización a las espaldas y debemos hacer estas cosas».

Impresionado por estas palabras, Edoardo profundizó en el asunto: conoció así la figura de Salvatore Todaro, héroe de guerra de nuestra marina, condecorado una vez con la medalla de oro, tres con la de plata y dos más con la de bronce al valor militar, y sobre todo encontró numerosas versiones del episodio al que se refería el almirante Pettorino. Estas versiones diferían un poco entre sí, pero todas coincidían en lo importante: que habían rescatado al enemigo en el mar, lo que hacía la historia muy actual, y que ese acto se había explicado con la elocuente frase: «Somos italianos».

Un día, Edoardo me llamó y me preguntó qué pensaba de la idea un poco loca que se le había ocurrido: hacer una película basada en ese episodio, una película bélica, una película de historia, que contara la aventura de un oficial de la Marina Real italiana que, en plena guerra, desobedece las órdenes de los alemanes y salva a veintiséis enemigos cuyo buque acaba de hundir con su submarino. Le contesté que me parecía una idea buenísima y que eso era lo que había que hacer: buscar argumentos, historias y testimonios y dedicarnos a ello con todas nuestras fuerzas para demostrar que lo que considerábamos una vergüenza lo era realmente. Claro está, la cosa llevaría tiempo, porque una película de guerra no se hace así como así, pero daba igual: unos toman iniciativas inmediatas, otros se embarcan en empresas que cuestan más, pero la idea es que todos persigamos el mismo objetivo. Edoardo se alegró mucho, se puso manos a la obra y no volvimos a hablar del tema.

Y llegamos al momento milagroso de la historia, a lo que yo llamaría, si fuera creyente, una manifestación directa de la voluntad de Dios. Una de las personas a las que pedí que se unieran al chat de Cuerpos es Jasmin Bahrabadi, una vieja amiga de Livorno que se dedica a la promoción de grupos musicales. Le presenté al resto de miembros, porque conocía a muy pocos. Conforme a su carácter, ella, más que chatear, se ofreció a organizar los embarques y los actos de apoyo a las oenegés de las que éramos promotores, cosa que hizo con empeño. Pues bien: una mañana, me envió un correo electrónico en el

14

que adjuntaba un artículo publicado en la primera página del periódico *Il Tirreno* que hablaba de aquel comandante Salvatore Todaro al que Pettorino se había referido, y decía que era «un artículo sobre mi abuelo».

Es decir: ¡Jasmin era nieta de Todaro!

Parecía mentira. Le pedí permiso para publicar el artículo en el chat y, cuando me lo dio, lo compartí con los demás, añadiendo la asombrosa noticia que acababa de conocer. A los pocos minutos sonó el teléfono: era Edoardo, que también estaba tan asombrado como si se le hubiera aparecido la Virgen.

–Tú lo sabías, di la verdad.

–Te juro que no.

Dos días después, Edoardo viajaba a Livorno con Graziella, la hija de Todaro, y visitaba la casa de Jasmin, la misma en la que nuestro protagonista vivió con su mujer antes de la guerra. Tuvo acceso a los dos baúles en los que se guardaban amorosamente las pertenencias del comandante: cartas, fotografías, condecoraciones, libros de yoga y ocultismo, así como de lengua farsi, que aprendía como autodidacta. (No quiero insistir en lo de los milagros, pero podemos preguntarnos por qué mi amiga Jasmin se apellida Bahrabadi, es decir, de qué país procede y cuál es la lengua materna de su padre.)

Un mes más tarde, Edoardo me pidió que le ayudara con el guión. Aunque escribir guiones nunca ha sido mi fuerte, la señal del cielo parecía muy clara y acepté con entusiasmo. Recordando las «notas» que enviaba todas las mañanas durante el rodaje de *Il vizio della speranza*, y tras ver lo bien que, desde el primer borrador, se había empapado de la lengua de Todaro, le propuse a mi vez una cosa: mientras los productores de la película lo ponían todo a punto, además del guión redactaría un libro que contara la historia de ese italiano ejemplar. Esta propuesta fue también aceptada con entusiasmo.

Han pasado cuatro años, el rodaje de la película está llegando a su fin y este es el libro. Sigue habiendo xenofobia, que puede desatarse en cualquier momento, y también la guerra podría estar cerca: razón de más para que los italianos (los que navegan, pero sobre todo los que no lo hacen, los que toman el sol, juegan a la pelota, montan fiestas en la playa y consideran que está bien, que incluso es patriótico, dejar que se ahoguen personas que huyen de la pobreza, de la persecución y de la guerra), razón de más, digo, para que los italianos sepan de quiénes son hijos o, mejor dicho, nietos.

SANDRO VERONESI

1. RINA

Lo confieso.

Confieso que cuando me lo trajeron con la espalda destrozada, más muerto que vivo, pero vivo, dentro de mí sentí alivio: no porque estuviera vivo, sino –lo confieso– porque tenía la espalda destrozada. Acabábamos de casarnos, él estaba haciendo carrera en la marina –y la hacía rápido, porque era el mejor– y yo me había resignado ya, porque sabía que me había casado con un guerrero y porque, como todo el mundo sabía, íbamos a la guerra. Sabía que él serviría a la patria sin dudarlo y daría la vida por ella. Y esto me mataba a mí también. Era como si una parte de mí, a pesar de ser joven, estuviera ya muerta. Sabía que estaba escrito y lo había aceptado, pero me mataba.

Y, de pronto, tuvo el accidente. No fue en África (adonde los italianos fuimos a hacer nuestra guerra,

17

en espera de la otra, de la grande), sino a cien kilómetros de casa, en La Spezia. No fue en una acción temeraria, sino durante unas maniobras. Estalla un torpedo y la ola que se levanta alcanza el hidroavión en el que volaba a ras de agua y lo derriba. Fractura de la columna vertebral, permanente. Y lo confieso: confieso que prefería mil veces eso, que estuviera inválido y no sano, que fuera un jubilado y no un comandante, que estuviera preso de mí y de la familia que formaríamos. Fue un milagro que no se matara, pero aún fue más milagroso que no pudiera volver a combatir y que me necesitara. Sin embargo, duró poco. Se curó y eso también fue un milagro. Le pusieron un aparato metálico que era un tormento, pero que a él le devolvió la vida. Lo comprendí el día que se lo pusieron. Yo estaba allí. Se lo colocaron dos oficiales médicos, uno viejo y otro joven, en la unidad de ortopedia de la academia naval. Yo estaba allí, digo, observando, en la misma sala vasta y llena de luz, pero en realidad estaba lejos, era como si no estuviera, porque el guerrero que había sido mi marido, Salvatore Todaro, volvía a tomar posesión de su cuerpo. Bendijo el aparato metálico que debía llevar de por vida y le hería la carne, porque le impedía doblarse como una flor rota; aquel aparato lo mantenía derecho y, si se mantenía derecho, podía combatir.

Le causaba mucho dolor, pero él sabía soportarlo y, cuando no podía más, recurría al frasco de morfina.

18

El alivio que sentí acabó pronto. Lo conocía, sabía lo que pensaba, pero lo intenté de todas maneras. Le hablé, le pinté la vida que esperaba hacer con él y a la que cualquier otro hombre en su situación se resignaría: venderíamos la casa de la ciudad, compraríamos una de campo en Montenero, donde son muy baratas, y viviríamos de los frutos de la tierra, criaríamos animales; haríamos vino, aceite, tendríamos abejas, rica miel; criaríamos a nuestros hijos en plena naturaleza, los alimentaríamos con lo que nosotros mismos produjéramos, viviríamos lejos de la guerra que pronto llegaría. Y yo cuidaría de él, aliviaría su dolor, lo amaría, lo adoraría, lo haría feliz todos los días, a todas horas, siempre, aunque esto no se lo dije, porque era evidente. Le declaré todo mi amor, pero también le hablé del suyo: le dije que ya había dado su vida por la patria, que ya había estado a punto de morir en el accidente de hidroavión. «¿Quieres dar tu vida dos veces?», le pregunté.

Él me escuchó, no dijo nada. Y fue a ver a Betti.

Betti era un sastre y a la vez un médium. Salvatore iba a verlo siempre que debía tomar alguna decisión importante, porque Betti decía que estaba en comunicación con el espíritu-guía de mi marido, que al parecer era un guerrero de la antigua Grecia, que estaba ciego. Aquello formaba parte de la vida menos conocida de mi marido, aunque en realidad no lo escondía, como no escondía su interés por las ciencias ocultas, sus costumbres orientales, sus estudios de magia y metempsicosis... Era yo quien no lo compartía. Yo creo en Dios y con eso me basta. Pues bien, como iba diciendo, Salvatore fue a ver a Betti y puedo imaginarme la escena perfectamente porque, antes del accidente, antes incluso de que nos casáramos, lo acompañé un día. Es un taller pequeñísimo lleno de telas, agujas, bobinas de hilo, en el que hay una máquina de coser con pedales que parece un altar. Betti está de pie, tiene los ojos cerrados y el metro le cuelga del cuello. Salvatore le dice: «Rina quiere que yo acepte la pensión de mutilación y nos compremos una casa en el campo». Betti, que sigue de pie y con los ojos cerrados, pone las manos en la mesa y guarda silencio uno, dos, tres minutos, hasta que, de pronto, empieza a hablar, aunque no habla él, porque lo hace en griego antiguo y él, que no pasó de tercero de primaria, no conoce esta lengua. Coge una hoja y su lápiz de sastre y escribe, aunque no escribe él:

ἔνθα δὲ Σίσυφος ἔσκεν, ὃ κέρδιστος γένετ᾽ ἀνδρῶν, Σίσυφος Αἰολίδης· ὃ δ᾽ ἄρα Γλαῦκον τέκεθ᾽ υἱόν, αὐτὰρ Γλαῦκος τίκτεν ἀμύμονα Βελλεροφόντην·

Confieso que rebusqué en los bolsillos de mi marido como una mujer celosa y encontré el papel. Confieso que copié las palabras griegas y volví a dejar el papel en su lugar.

Se lo llevó consigo cuando se marchó.

2. TODARO

He tenido algunas grandes alegrías. En medio de la negra desesperación, la fortuna de sentirme de pronto en armonía con mi cuerpo. Tener un hijo. Tocar la miel de las abejas. Ir a la escuela en velero. Ver cómo don Voltolina se quita el abrigo y se lo da al que más frío tiene. Ver tus piernas y la rendija por la que penetro hecho líquido. Tener otro hijo que me sobreviva.

Pero no persigo la felicidad, Rinuccia mía, no la quiero, eso es cosa de gente satisfecha, es un sentimiento acabado, un estado inmóvil, de burgueses. El griego ciego ha visto mi destino: mi victoria es la batalla. Estos meses de reposo he comprendido que mi condición de mutilado es una imposición de la

mente débil e indigna de un guerrero. He abierto y
cerrado la mano mil veces esperando que la morfina
corriera por mis venas.
He querido creer que el dolor no tenía sentido.
Este metal que llevo sobre la carne no me deja
respirar, pero me protege. Este metal ha penetrado
en mi carne y mi carne se ha vuelto de metal y es
más fuerte. Será que ya no soy humano o que he
pasado a una nueva etapa de la evolución en la que
la carne asimila el metal y hace de él una prolonga-
ción. Ahora soy fuerte. Antes me sentía mutilado
por dentro, enfermo por dentro, débil por dentro.
Betti me ha dicho lo que dijo el griego y me ha co-
sido el uniforme.

ἔνθα δὲ Σίσυφος ἔσκεν, ὃ κέρδιστος γένετ᾽
ἀνδρῶν, Σίσυφος Αἰολίδης· ὁ δ᾽ ἄρα Γλαῦκον
τέκεθ᾽ υἱόν, αὐτὰρ Γλαῦκος τίκτεν ἀμύμονα
Βελλεροφόντην·

Él puede decir lo que no sabe, lo que no entiende.
Lo ha dicho sin vacilar, me lo ha escrito en un papel
para que consulte a mi oráculo cuando quiera y yo
me he guardado el papel con las palabras del griego.
He mecido a nuestro hijo. Te he escuchado con
deleite tocar al piano el *intermezzo* de *Cavalleria rus-
ticana*. He memorizado tu voz cuando susurrabas, el
sonido de los dedos en las teclas. He bebido tu sudor
furioso. He besado tus lágrimas amargas.

Me he tragado el dolor sin saborearlo, pensando que no tenía sentido.

He dejado, Rinuccia mía, que me hicieras el nudo de la corbata del uniforme, para protegerme, para bendecirme.

He estrechado las manos de mis hombres y he mandado hacer un puñal a medida para cada una de esas manos.

Me he curado.

Me río de la suerte adversa, del aire libre pasaré al fondo negro del mar.

Es de noche aquí en La Spezia, sopla un viento que hace rodar las botellas vacías, golpetean las cuerdas y los cabos, vuelan hojas de periódicos leídos.

Una enfermera vuelve a casa cantando «Un'ora sola ti vorrei».

Lo sé, Rinuccia, lo sé, por favor...

La Spezia es como un parapeto que te separa del vacío. Cargamos el *Cappellini* de cosas ricas y abundantes, como si fuéramos faraones, y los muchachos creen que van a vivir como reyes, por eso no les digo que las pirámides llenas de riquezas son en realidad sarcófagos.

La tripulación es desigual y ahora está en fila. Llevan el uniforme desabrochado y la camisa por fuera, pero no me importa: le entrego a cada uno el puñal forjado según la forma de su mano. Van a combatir en un submarino y no saben para qué les servirá un arma blanca, pero no preguntan el motivo del regalo y dan las gracias.

Nunca se sabe, estará lejos el enemigo, lo protegerán capas de agua y de acero, miles de milímetros de artillería, una tecnología infernal que solo nuestros poetas pueden imaginar, pero está ahí, en algún sitio, el corazón le late, defiende con valor sus ideas británicas y tiene miedo, como nosotros.

Hay quien dice que lo que hacen los submarinistas no es combatir.

¡Disparate! Nosotros también tenemos nuestra trinchera, lo que pasa es que es de agua. Y la atravesaremos y «nos atreveremos a lo que nadie se atreve», como dice el lema que lleva grabado en la quilla este submarino, el *Cappellini*. Es una buena nave, cuya proa he mandado reforzar con unas placas de acero porque nunca se sabe si, en una guerra moderna, tendremos que embestir como hacían antiguamente.

Mando que Careddu, el electricista, se quede en tierra. Tiene mala cara. «Soy fuerte», dice. Le digo que vaya a ver al oficial médico.

Estamos listos, repito, para atrevernos a lo que nadie se atreve.

Y vamos desarmados.

3. ANNA

Ya sé adónde van, como llevados por este viento, todos estos jóvenes que parten: van a morir. He oído a los oficiales médicos: dicen que solo volverá uno de cada cinco submarinos, si la guerra es corta; uno de cada diez, si es larga, y ninguno, si es muy larga. Están condenados a morir y ahí están, riendo, cantando y tocando instrumentos. «Un'ora sola ti vorrei.» Esto me ha dicho Giggino esta noche, que «querría estar conmigo, aunque solo fuera una hora» y que las otras veintitrés horas será un león. Y eso que es cocinero y, si muere, morirá como una madre, dando de comer a sus compañeros. Aún llevo sus humores encima, pero no me siento sucia. Me ha dado un último beso en la boca y se ha ido a toda prisa porque se le hacía tarde, con la pesada mochila a cuestas y la mandolina al hombro; feliz, gracias a mí, ha salido corriendo aún medio vestido y yo ni he pensado en lavarme.

Me he puesto el uniforme, desnuda como estaba, con el frío que hace, y así, sin bragas, medias ni camisón, sin abrigo, sin gorro, sin nada, solo con el uniforme gris de enfermera sobre mi cuerpo aún mojado de sus humores, he corrido tras él. No me ha visto, ocupado como estaba en bromear con los compañeros que lo esperaban y en escuchar al comandante, que, según él, es un mago, un brujo. Lo he seguido, digo, pero a distancia, mientras se hacía de día, en medio del viento que lo arrastraba todo, he visto cómo salían corriendo los rezagados de los dormitorios, todos mal vestidos, como Giggino, y se ponían a cantar también, hasta el comandante mago cantaba, «Un'ora sola ti vorrei», todos cantaban. Había también dos chicas como yo, enfermeras, Nunzia y Angelina, que venían de hacer felices a otros dos de aquellos marineros que iban a morir. Siempre somos nosotras tres las que hacemos felices a estos muchachos, las que no nos resistimos. Hola, hola, nos hemos saludado, pero cada una iba sumida en sus propios pensamientos, que seguro que eran los mismos, y nos hemos callado, así como vamos, sin gorro, con el pelo suelto que el viento agita, acariciando por última vez con el pensamiento a estos muchachos que van a la guerra, que están delgadísimos, que son un manojo de nervios, de sangre bullente. Sé que no debería decir siempre que sí, pero no me resisto. Sobre todo aquí, en La Spezia, soy incapaz de decirles que no a los marineros. Sé que mi madre piensa que soy una víctima, que mi tío Felice piensa que soy una puta, pero ellos no saben lo que es esto y me importa un bledo lo que piensen. Yo sé lo que es y ellos no.

Yo sé que estos muchachos de piel tersa y que sonríen con inconsciencia, que deberían lanzarse al mar a buscar perlas y en cambio se embarcan para la guerra, no volverán. Tienen madre, hermanas, novia, que tendrían que estar aquí viendo cómo desaparecen uno tras otro en el vientre de este pez de hierro, cómo ríen y bromean por última vez, pero no pueden, y solo estamos nosotras, enfermeras putas –también hay enfermeras decentes, claro, que no se dejan ni tocar, pero estas están durmiendo– y a nosotras nos toca acompañarlos y llorar.

Porque no hay que ser adivinos para saber que no volverán y, aunque volvieran de esta misión, no volverían de la siguiente, y aunque volvieran de la siguiente, no volverían de la que viniera a continuación. No hay que ser adivinos para saber que, cuando acabe la guerra y echemos cuentas, veremos que casi todos los submarinistas murieron y nos llevaremos las manos a la cabeza. Basta con haber oído a los oficiales médicos como los he oído yo para saber que se quedarán para siempre allá abajo, en el fondo del mar, adonde van ahora, valientes y orgullosos, ¡cuánta vida llevan consigo!, ¡cuánta vida se perderá en ese ataúd de metal!

Todos tienen alguna mujer que los llorará, pero

no está aquí. Aquí solo estamos nosotras, solo nosotras los vemos partir. Solo nosotras, enfermeras putas, en este momento, en este mundo, sabemos lo despreciable que es la guerra.

4. MARCON

La Spezia
28 de septiembre de 1940
07:20 horas

¡Pi, pi, pi..! Partimos. Esta bestia mide setenta y tres metros de largo por siete metros de ancho, tiene un motor térmico de tres mil caballos para navegar por superficie y dos motores eléctricos de mil trescientos caballos para navegar en inmersión; dos cañones de cien milímetros, dos ametralladoras de doble cañón de trece milímetros y ocho lanzatorpedos de quinientos treinta y tres milímetros; doce torpedos, seiscientos proyectiles de cañón y seis mil de ametralladora, y lleva la proa reforzada por expreso deseo de nuestro comandante, pues, como él dice, «nunca se sabe si, en una guerra moderna, tendremos que embestir como hacían antiguamente».

Rumbo 180. Dejamos atrás las islas Palmaria, Tino y Tinetto, adonde, cuando estamos de permiso, vamos a pescar pulpos a mano con Stumpo, el operador de motores, que es coralero y capaz de sumergirse hasta una profundidad de treinta metros. Bueno, en realidad los pulpos los pesca él, nosotros solo miramos. Nos ha enseñado a reconocer los pulpos macho y los pulpos hembra: si, cuando pescamos un pulpo, vemos que en el mismo sitio hay otro, es que el primero es hembra y el segundo, un macho que seguía a la hembra. Pero si pescamos uno y no vemos más, es que es macho, «y las hembras pasan de él».

Esta bestia se llama *Cappellini* en honor del «ardiente y valeroso» comandante Alfredo Cappellini, que saltó por los aires con toda su tripulación el 20 de julio de 1866 en la batalla de Lissa porque no quiso abandonar el acorazado *Palestro*, alcanzado por el fuego de los buques austrohúngaros. El incendio se extiende, las demás naves italianas envían botes para evacuar el *Palestro* antes de que el fuego alcance la santabárbara, pero el comandante Cappellini se niega, se muestra inflexible, no cede y sigue luchando contra las llamas pese al grave riesgo que corre, hasta que el fuego llega a la santabárbara y, ¡bum!, muere. Con él mueren también 231 miembros de la tripulación (de 250), pero él, Alfredo Cappellini, se convierte en un héroe...

Salimos cuatro millas del golfo y tomamos rumbo 225, estable. Salvatore entra en su camarote. Me hace señas para que lo siga. Lo sigo. Coge un sobre lacrado en el que dice: «Orden de operación n.º 98». Lo abre. Saca una hoja doblada, la desdobla, la lee, vuelve a doblarla y la mete en el sobre, sin dejarme que la lea. Me pide que entre con él, yo solo, pero no me deja que vea la orden de operación. «Es un secreto.»

Es una broma, pero yo nunca sé cuándo está de broma y cuándo no.

Todos saben que somos amigos, Salvatore se lo dice claramente a Fraternale y a los demás oficiales, y en veneciano, ojo, en mi honor:

–Marcon y yo somos muy amigos; es más, somos como hermanos. –Y añade, en italiano–: Que nadie se queje si ve que hablo con él más de lo que un comandante suele hablar con su ayudante de a bordo e incluso más que con vosotros.

Además, mi cara me salva. Con esta cara que tengo no pueden tenerme envidia. La piel de mi cara tiene su historia y cuando Salvatore me besa y dice: «Marcon y yo podemos con todo», esa historia es la historia de nuestra amistad, e incluso de algo más.

Nos hicimos amigos en el hospital de La Spezia cuando tuvimos el accidente, cada uno el suyo, él con un hidroavión y yo con acetileno, pero todos creen que fue el mismo y nosotros dejamos que lo crean.

Seremos hermanos, sí, pero él es capitán de corbeta y el comandante de este submarino, y yo soy solo mariscal, timonel primero y ayudante de a bordo y nunca sé cuándo está de broma y cuándo no.

Está de broma cuando no me deja ver la orden de operación, y al volverme yo, un poco ofendido, la verdad, para irme, me pasa el papel. «Emboscada», pone, y esto me lo esperaba. ¿Qué otra cosa va a hacer un submarino en guerra sino salir de repente del agua y atacar buques enemigos? «En el Atlántico», pone, y esto me lo temía. «Cruzando el estrecho de Gibraltar.» En teoría, no tendría por qué ser así; podría haber sido una misión en el mar Mediterráneo o en el mar Rojo, que son menos peligrosos. Pero no van a desaprovechar a un comandante como Salvatore Todaro mandándolo donde no hay peligro. A un comandante como él lo mandan donde hay mucho peligro, y cruzar el estrecho de Gibraltar es el mayor de los peligros. Así se lo digo, en broma, y él sí sabe cuándo yo bromeo:

–¿Y precisamente para esta misión me llamas?

Y añado, también en veneciano, porque le gusta oírme hablar en este dialecto, que pasar el estrecho de Gibraltar es como pasar por entre las columnas de Marcos y Teodoro; digo esto porque creo que conoce el dicho veneciano, pero veo que no: él, que lo sabe todo, no conoce este dicho. No sabe que en la plaza de San Marcos hay dos columnas con las estatuas de los dos santos patrones de Venecia, ni que, en tiempos de los dogos, entre esas dos columnas se ejecutaba a los condenados a muerte, ni que a los venecianos no les gusta pasar por entre ellas. Ni siquiera sabe que san Teodoro, de donde viene su apellido, fue el patrón de Venecia antes de que lo fuera san Marcos. No sabe nada.

Lo veo tan ignorante, a él, que para mí lo sabe todo, que me entra cierto apuro; es como si lo viera desnudo.

—Es que soy de Chioggia —dice—, del barrio de Sottomarina.

Pero enseguida reacciona y pasa a hablar de cosas que, como comandante, él sí sabe y yo no sé. Me dice que el *Cappellini*, al mando del comandante Masi, ya fue al estrecho de Gibraltar y que, aunque no pudo atravesarlo, estuvo, antes de regresar, diez días en el puerto de Ceuta, al amparo de la falsa neutralidad española, de manera que la tripulación pudo estudiar, desde lo alto de un monte cercano, el sistema de defensa de los ingleses. Me dice que hay un paso y me lo enseña en la carta náutica, un paso muy estrecho, pero expedito.

Me enumera los submarinos que lograron atravesarlo el mes pasado: el *Malaspina*, el *Barbarigo*, el *Dandolo*, el *Marconi*, el *Finzi*, el *Bagnolini*, hasta el *Leonardo da Vinci*, que lo hizo anteayer, al mando del comandante Calfa. Siete.

—¿Y nosotros vamos a ser los gafes que no pasemos? —dice. Esto es lo bueno de Salvatore Todaro: uno se siente seguro cuando él se siente seguro—. Con el submarino más moderno de la Armada —añade—, al mando del mejor ayudante de a bordo de la Marina Real italiana, ¿vamos a ser los más gafes?

09:35 horas

Inmersión.

5. SCHIASSI

Si no fuera por la guerra, si solo navegáramos, acabaríamos todos locos, pero locos. Nos pasamos el día pegados unos a otros, respirando olores que se mezclan con el de la grasa y el gasóleo, escuchando, imaginando, previendo cosas, y así no puede uno pensar en nada bueno. Estamos encerrados día y noche en esta atmósfera malsana, tanto si navegamos en superficie como sumergidos, apenas tenemos agua para lavarnos, no comemos más que comida de lata, estamos siempre atentos a algún aparato, a alguna manecilla, y no tenemos ganas ni de jugar a las cartas, fumar o dormir, porque dormir embrutece. He visto marineros que se quedan durmiendo de pie. Navegar en un submarino quita las ganas de vivir, esto es lo que habría que contar, y no los combates, cuando lanzamos torpedos y nos sumergimos rápidamente mientras las bombas estallan a unos metros: estos son los buenos momentos, en los que arriesgamos la vida, porque hay vida. Cuando solo hay mal olor, hacinamiento, sacrificio, vacío, es decir, la mayor parte del tiempo, es cuando nos volvemos locos. Suerte que, mientras esperamos, nos entretenemos con otra cosa. Y yo, que soy el oficial radiotelegrafista y durante doce horas al día, las horas en las que mis instrumentos permanecen mudos porque viajamos sumergidos, escucho con Minniti el hidrófono, en el que todos los ruidos son preguntas («¿Qué es eso? ¿Y esto? ¿Y aquello?»), donde, para encontrar la respuesta, vale más la experiencia que el oído, y la imaginación más que la experiencia, y la paranoia más que la imaginación, yo, digo, el radiotelegrafista, soy el que manda en esa cosa que nos entretiene. «Aquí Radio Andorra», dice la voz cálida y afectuosa de la locutora, a la que cada uno se imagina como quiere. Radio Andorra es la única radio del mundo que en plena guerra no habla de guerra: solo emite canciones de amor, día y noche, canciones americanas, francesas, españolas, cantadas solo por mujeres. Parece que haya una antena de cien metros puesta no se sabe dónde y que envíe la señal más potente de Europa, señal que ningún gobierno puede suprimir porque Andorra es un Estado libre cuya radio llega a todas las gentes de tierra firme y a todos los barcos del mar. Y por eso la escuchamos todos, nosotros y nuestros enemigos. Nosotros la escuchamos de noche, todas las noches, cuando salimos a la superficie para recargar aire y las baterías: todos los del submarino la escuchamos, toda la noche, por los altavoces, y la voz de esas mujeres es la voz de nuestras mujeres. Suena Radio Andorra y es la mano fresca que la enfermera nos posa en la frente, es la promesa de que sanaremos pronto que nuestra madre nos susurra al oído. Suena Radio Andorra y todos cantamos acompañando esas voces que hablan de amor, voces que son la de nuestra hermana, que se inclina sobre nosotros y nos consuela en medio de nuestro embrutecimiento, allí donde estemos: en la sala de mando, en la de máquinas, en la de torpedos, en la torreta, tumbados en una hamaca tendida entre mamparos, en esas lonas que destrozan la espalda. Suena Radio Andorra y los oficiales cierran también los ojos, los cierra nuestro comandante, que nunca lo hace, ni siquiera cuando duerme, aunque, eso sí, cuando le toca irse al camarote, todos bajamos el volumen de los altavoces, porque tal vez sí duerme una hora y la música puede molestarlo. ¡Cuántas cosas se dicen de nuestro comandante! Que iba en el *Malaspina* cuando hundieron el *British Fame*, que es un mago, un faquir, un hipnotizador, que no duerme nunca; pero los que esto dicen, dicen también que no saben si es verdad, y por eso es mejor no molestarlo, bajar el volumen, porque es él quien nos guía en esta guerra. Y es una guerra que estamos deseando librar, porque así, estando en guerra pero sin combatir, nos sentimos perdidos en medio del mar y ni con Radio Andorra nos consolamos.

6. GIGGINO

El primer día, nada más zarpar, viene el comandante a la cocina y me pregunta si soy cocinero profesional. Sí, mi comandante, le digo. Me pregunta si he viajado mucho. Sí, mi comandante. Me pregunta si sé cómo se llaman los platos típicos de Venecia. Sí, mi comandante. Dímelos, me dice. Hígado a la veneciana, contesto. ¿Qué más? Sigue, di el nombre de todos los platos que sepas cocinar. Crema de bacalao, digo. Sardinas en escabeche, espaguetis con anchoas, centollo hervido, sopa de marisco, arroz con guisantes... Digo el nombre de estos platos y él cierra los ojos, y cuando nuestro comandante cierra los ojos puede uno estar tranquilo. Pato relleno, sopa de cordero y col, polenta con gambas, cangrejos fritos. De pronto abre los ojos y, con los ojos abiertos, da miedo. Me dice que no toque las cosas buenas de comer que llevamos: solo puedo cocinar pasta sin salsa y comida de lata. No me dice por qué, es una orden. Y añade que, mientras cocine, deberé nombrar todos los manjares que sepa cocinar, los de Italia entera, como acabo de nombrar los de Venecia. ¿Conoces las especialidades del resto del país?, me pregunta. Sí, mi comandante, le digo. Pues deberás enunciarlas en voz alta, todas las que te sepas, una tras otra; como si estuvieras rezando el rosario o una oración, me dice. Es también una orden, pero esta sí sé por qué me la da.

Caldo de verduras, caldo de pollo, caldo de gallina, caldo de capón, caldo de carne, cocido, asado de carne con cebolla, asado de ternera, callos con huevo, hígado de ternera a la militar, cordero a la financiera, mollejas al vino, asadura, pierna a la mantequilla, lengua en escabeche, pastel de sémola, pastel de arroz y menudillos, arroz a la cazuela con patatas y mejillones, pastel de arroz con albóndigas de carne de cerdo, champiñones, mozzarella y huevo cocido; tomates rellenos de arroz, croquetas de arroz al estilo siciliano, croquetas de arroz al estilo romano, pasta rellena, *quenelles*, es decir, albóndigas de ternera y riñones, que inventó un cocinero francés cuyo amo no tenía dientes, pastel de carne, pastel de bacalao, huevos rellenos de todo tipo, chuletas rellenas, estofado de conejo, estofado de liebre, pintada rellena, pichón relleno, timbal de pichón, fricasé de pollo, pollo marsala, pollo a la campesina, pollo en salsa de huevo, pollo deshuesado, estofado de ternera, asado de ternera a la pimienta, helado de frutas, estofado de cerdo y repollo, fricandó, morcillas, polenta con salchichas, tortilla de macarrones, tortilla de espaguetis, tortillas de todo tipo, pimientos a la sartén, berenjena a la parmesana, berenjenas de mil maneras, buñuelos de pan, de manzana, de arroz, de polenta, espaguetis con almejas, con mejillones, con merluza, con anchoas, con sepia, con verduras, espaguetis con liebre, ñoquis de patata, ñoquis de polenta, ñoquis de sémola, macarrones a la menta, espirales con setas, macarrones con salsa de tomate, pastel de macarrones, macarrones estofados, macarrones con salsa de carne, a la siciliana, a la boloñesa, a la francesa, es decir, con queso Gruyère, macarrones de todas las maneras, risotto con ancas de rana, con mejillones, con tellinas, con champiñones, con guisantes, a la milanesa, tallarines con ragú de jamón, pasta con alubias, pasta con garbanzos, pasta con patatas, pasta con patatas y queso...

Todos, tarde o temprano, pasan por delante de la cocina y me oyen repetir esta cantinela. Todos saben que siempre preparo lo mismo: pasta con tocino y tomate cuando hay suerte, pero a veces pasta sola; pasta con ajo y aceite; carne en lata, de la que hay un montón; galletas. Todos saben que no se relamerán de gusto con este rancho insípido y el comandante y demás oficiales también se conforman. Pero oírme nombrar todos estos ricos platos, como me ha ordenado el comandante, les devuelve el apetito, que pierden con esa eterna comida de lata que comen por no morirse de hambre.

... mejillones con pimienta, caldo de pescado, caldo de mújol, caldo de pan con huevo, gazpacho, caldo con picatostes, potaje de lentejas, caldo de ancas de rana, caracoles en salsa, caldo de cardos, callos con tomate, fainá, caldo de pan con tomate, caldo de col, menestra con todo tipo de verduras, cuscús, sopa de fideos, sopa de bodas, sopa de achicoria y escarola, sopa de requesón, sopa de sémola, sopa de migas, salsa de ajos con nueces, pastel de ternera, ternera con salsa de atún, capón cocido en vejiga, calabacines en escabeche, calabacines rellenos, habas con achicoria, grelos, judías verdes en besamel, judías hervidas, habichuelas con tomate y salvia, cardos al horno, cebollas agridulces, apios rellenos, alcachofas con ajo y alcaparras, setas en salsa, setas en aceite, setas de todas las maneras, patatas de todas las maneras, espinacas, espárragos, brécol, coles, ensaladilla rusa, pescado empanado, pescado en salsa, bacalao a la palermitana, cazón frito, lenguado al vino, salmonete con jamón, a la marinera, gratinado, con tomate y albahaca, atún de todas las maneras, boquerones marinados, boquerones fritos, boquerones con orégano, sardinas rellenas, ensalada de pulpo y patatas, pulpo en salsa de tomate y alcaparras, morena rebozada, anguila en salsa, asada, de todas las maneras, besugo en salsa de tomate y hierbas aromáticas, bacalao frito, bacalao con aceitunas, mayonesa de atún, rosbif, ternera con verduras, búfalo en salsa de tomate y orégano, conejo con tomate y albahaca, riñones en salsa de anchoas,

41

lomo de cerdo asado con romero, higadillos de cerdo en redaño, hervido de col, picatoste de polenta...

... Le pregunto a Marcon, el ayudante de a bordo, que es muy amigo del comandante desde que sufrieron juntos un accidente, por qué, habiendo patatas, calabacines, queso, embutidos, polenta, hojaldre, pastaflora..., no puedo cocinar todo eso. ¿Tú qué crees?, me contesta, porque yo, un cabo mayor, no tengo por qué saber estas cosas. ¿Yo qué creo? Pues creo que, como vamos al Atlántico, donde la cosa está muy fea, nos guardamos lo bueno para entonces. El ayudante de a bordo no mueve un músculo de esa cara destrozada que tiene. ¿Y qué más crees? Pues que, como para llegar al Atlántico tenemos que pasar por el estrecho de Gibraltar, mejor pensar que lo bueno de la vida está al otro lado: mi querida Anna, con la que acabo de comprometerme; nuestra madre, el dinero, los buenos momentos... y la rica comida, los ñoquis con salsa, la polenta frita... Todo eso nos espera allí. ¿Es por eso? El ayudante de a bordo no mueve un músculo de esa cara destrozada que tiene.

... pizza rellena, pizza de todas las formas, cocas dulces y saladas, buñuelos rellenos de todo tipo, borrachos de ron, hojaldres, bolitas de miel, roscón de crema, churros, bollos rellenos, torrijas de miel o mosto, berlinesas, pastel de manzana, rosquillas almendradas, galletas de todas clases, pastel de requesón, tarta siciliana, tarta de piñones, merengue, bizcochos, rosquillas, dulce de membrillo, almendrados, mazapán, roscones, tarta de almendra, tarta de chocolate, tarta de nueces, tarta de arroz, tarta de requesón, tarta de calabaza, tartas de todo tipo, pudines de todas las clases y pasteles de todo tipo de frutas, tarta bávara, tiramisú, higos al horno, nata montada, flan, natillas, vino caliente, crema de guindas, compota de guinda, compota de albaricoque, compota de pera, compota de membrillo, conserva de higos secos, jaleas, sabayón, chocolate a la taza, melocotones en almíbar, melocotón en sangría, melocotones helados, cerezas escarchadas, manzanas asadas, peritas en dulce, almendras tostadas...

Yo le llevo al comandante cinco cebollitas estofadas con coñac todos los días. No es mucho, pero se lo llevo todos los días, a él solo. Al principio se negaba a aceptar, pero yo insistí: comandante, le decía, usted también es humano y le traigo esto, que sé que le gusta mucho, para recordárselo. Y ahora acepta de muy buen grado. Espera esas cebollas, me dice, casi como si esperara a una mujer. Así esperamos todos el momento de cruzar el estrecho de Gibraltar.

7. MARCON

2 de octubre de 1940
23:00 horas

El *Cappellini* corta las olas con su casco insignificante. Nos envuelve una oscuridad neblinosa. He navegado muchas veces por el mar Rojo y allí las noches son claras, incluso las noches sin luna; siempre hay una visibilidad molesta, el agua brilla en torno al submarino como si fuera fosforescente y señala su presencia. Navegar así es peligroso. Aquí, en cambio, en el océano, la noche es negra como la tinta y nos protege. En la torreta, Todaro escruta esta oscuridad con unos prismáticos. A su lado está Stiepovich. Va naciendo una amistad entre ellos. Stiepovich es uno de los oficiales más jóvenes. Es triestino, lleva una gran barba de color leonado como el pelo del burro de mi cuñado, que se llama Pudò; mirada profunda, nariz correcta, manos delicadas y finos modales, aunque habla mucho en dialecto, tanto en el suyo como en veneciano: creo que es una especie de estudioso de los dialectos y esto gusta mucho a Todaro. A veces, en medio del runrún de los motores, que, si no se hace caso, es como el silencio, se ponen a recitar, no a cantar, a recitar, como si rezaran, viejas canciones en dialecto:

El arte del marinero es morir en la mar,
el del comerciante, quebrar;
el del jugador, blasfemar,
y el del ladrón en la horca acabar.

Yo conozco algunas de esas canciones, como la de esta noche, y las recito también. Pero ellos saben muchas más, algunas es la primera vez que las oigo y otras apenas se entienden. Les pregunto:

–¿Qué canción es esa?

–No es una canción –me contesta Stiepovich–, es una poesía.

Poesías. En dialecto. Todaro y él se las saben de memoria, yo no.

Yo me manejo mejor con las manos que con la lengua.

Siempre hay algo que no funciona, algo que arreglar. Por ejemplo, el hidrófono se avería una y otra vez y Minniti, el hidrofonista, tan viejo como yo, me llama para que lo repare, porque sabe que tengo buena mano para esas cosas. Bueno, lo que arreglo por la mañana tengo que volver a arreglarlo por la tarde y otra vez a la mañana siguiente, pero Minniti me da siempre las gracias cuando se pone los auriculares y ve que ya no hace ruidos raros.

3 de octubre de 1940
06:00 horas

Ahí está Gibraltar.
Por la parte de proa aún es de noche, por la de popa amanece.
Ya se ve la larga fila de embarcaciones que tienen permiso para cruzar el estrecho. Hay al menos diez cazatorpederos ingleses, negros bultos que se ven a lo lejos. El cielo está lleno de cazas de la RAF que zumban como moscardones. Todaro mira por los prismáticos desde la torreta. Mira también Stiepovich. Miro yo también. Abajo, en cubierta, está el oficial segundo, Fraternale, que dice:
—Hay un espacio de veinte a setenta metros de profundidad.
Todaro le ordena que siga navegando en superficie otros mil metros y se sumerja entonces a ochenta metros de profundidad, no a setenta.
—Así explotarán más arriba —dice, aunque Fraternale ya no lo oye. No las menciona, pero se entiende

que se refiere a las cargas de profundidad, el infierno que tendremos que atravesar. Fraternale ha desaparecido por la escotilla.

Es como una lotería: si escogemos el mismo número que escogen los ingleses, estamos perdidos. Todaro ha escogido el ochenta. Todos sabemos que él nunca se equivoca, nunca escoge el número equivocado. Los buques ingleses lanzan cargas de profundidad sin parar, pero el *Cappellini*, aún lejos, no se ve y se dirige allí como si no temiera las bombas. También nosotros bajamos a las entrañas del submarino, primero yo, luego Stiepovich y el último el comandante, como siempre. De pronto, oímos el silbido característico de la inmersión rápida y en menos de un minuto nos hemos sumergido: solo permanece un momento fuera el ojo paranoico del periscopio, que al poco desaparece también y ya solo nos quedan el oído de Minniti y los aparatos que yo he reparado para saber lo que ocurre en superficie.

Ahora que se han apagado los motores de combustión y solo funcionan los eléctricos, se hace un silencio profundo, en el que resuenan las explosiones marinas. Vibran las paredes, tiembla el suelo bajo los pies, el submarino desciende casi en picado. Acuden a su puesto los hombres que estaban descansando: se han despertado con sobresalto y tienen cara de sueño, de desconcierto, de susto; en esa cara llevan pintada una pregunta: «¿Voy a morir? ¿Voy a morir? ¿Voy a morir?».

Cuando estamos a setenta y cinco metros de profundidad, una bomba explota fragorosamente encima de nosotros. El submarino da sacudidas, se inclina hacia atrás, se hunde. Veo marineros que chocan con los mamparos, caen de espaldas, se hieren. Algunos me pasan como si fueran los ciclistas del Giro de Italia llegando a la meta que vi el año pasado en Mestre: Chiappini, Di Paco, Rimoldi... Aquí son Siragusa, Trapè, Monteleone, que caen de bruces y se estampan contra el mamparo. Bono, el timonel segundo, se agarra a mí, yo me agarro a Dalicani y este se agarra al timón. Bono se agarra a mi brazo con tanta fuerza que me hace daño. Me pregunta si nos han alcanzado. Le digo que no, que es la onda expansiva. Todaro sigue en el puente de mando, bien plantado, tranquilo. Él también se ha agarrado con fuerza al mamparo, pero no lo parece. Su barco está hundiéndose, pero no lo parece.

–No pasa nada –dice una y otra vez, con voz firme–. Es que ha explotado encima y nos empuja al fondo.

Eso quiere decir que si el comandante hubiera sido Fraternale, ahora estaríamos muertos. Ordena a Dalicani que estabilice el submarino, rápido, rápido, pero el submarino sigue inclinado, los indicadores no mienten y seguimos hundiéndonos, hundiéndonos.

Stiepovich hace balance de daños: la instalación eléctrica está tocada, el nivel de anhídrido carbónico está subiendo. Cecchini coge las máscaras y empieza a repartirlas. Cruzo su mirada: «¿Voy a morir?». La mirada de Todaro le contesta: «No, no vas a morir».

—¡Aire, rápido! —ordena.

Y Pace, el oficial de ruta, repite:

—¡Aire!

Los de la sala de máquinas obedecen, pero el barco no remonta. Todaro le pide a Minniti los cascos y escucha el hidrófono.

—¡Timón arriba!

Pace repite la orden, Dalicani obedece; no parecen órdenes desesperadas, pero lo son.

El profundímetro marca cien metros.

Todaro ordena que metan más aire, Pace repite la orden, los de la sala de máquinas inyectan más aire a presión: nada. Mancini acelera los motores al máximo. La manecilla que debería indicar «Subir» está parada en «Bajar».

Dalicani intenta maniobrar, pero es en vano.

—El timón se ha bloqueado —dice. Cruzo su mirada: «¿Voy a morir?». La mirada de Todaro vuelve a contestar: «No».

Stumpo, el oficial de motores y coralero, habla con un hilo de voz. Cuando lo hace en su dialecto casi no se le entiende, pero ahora lo dice en un italiano muy claro:

—Ya casi no queda aire.

Lo dice sin miedo, él no se pregunta si va a morir: solo informa, como informaría de que se ha acabado el papel higiénico.

Todaro nos pide que nos quedemos quietos y todos lo hacemos, nos quedamos quietos y callados. El submarino sigue descendiendo. Hemos rebasado el límite del profundímetro. Estamos a mucha más profundidad de la prevista para el submarino. El terror se pinta en la cara de todos nosotros, menos en la de Todaro y Stiepovich. «El arte del marinero es morir en la mar.» Yo no temo morir, ya morí aquella vez, lo dice mi rostro. Todaro también está ya muerto y su ataúd es ese aparato que lleva. Seguimos hundiéndonos. El submarino toca fondo, se queda quieto. A esta profundidad empezarán a saltar las tuercas una tras otra. Ya no podremos combatir. ¿Cómo pasaremos el estrecho? Aunque si lo han pasado muchos antes, ¿vamos a ser nosotros los gafes que no lo hagamos?

¡Oh, marinero! ¡Oh, juventud del mar!

Stiepovich es joven, pero debe de estar ya muerto también, porque no tiene miedo.

8. TODARO

Estamos en el fondo del mar.

La luz se ha ido, las lámparas e indicadores han reventado, los armarios de las salas de oficiales y sub-oficiales se han desvencijado y se han hecho añicos platos y vasos, los cuentarrevoluciones se han roto. Se enciende una luz débil. Es roja. Las baterías echan humo, es ácido sulfúrico. Poneos las máscaras, rápido. El generador de carga no funciona. Hay que cambiar los fusibles.

Estamos a doscientos ochenta metros de profundidad.

Por un tiempo que se hace interminable todo es negro.

El oxígeno escasea y las palabras son lentas, las frases breves duran una eternidad, los gestos parecen alucinados, los movimientos complejos son torpes e incoherentes. A Mancini se le queda agarrotada una mano. Se la masajeo. Toco unas tuercas que chirrían y de pronto saltan como impulsadas por una fuerza inmóvil. Una golpea en la frente a Leandri, que maldice. Por algún sitio entra agua. Pese al aturdimiento y al miedo, hay que darse prisa. Las miradas, que las máscaras velan, ya no me preguntan nada. Los cuerpos se duermen sin decir: «Buenas noches, mamá».

La oscuridad me envuelve como aquella noche en la orilla del mar, cuando aún estábamos en paz y yo no llevaba el aparato y solo estabas tú. Tranquila, Rina, te amo y voy a guiarte, aunque solo sea porque estoy más entrenado. Y cerré los ojos.

Mancini cambia los fusibles con la mano hábil.

Expulsad todo el aire que os quede en los pulmones como si lo vomitarais, todo, que no os quede ni pizca, porque si no lo expulsamos todo no hay salvación. Stumpo mueve la máquina como si lo hiciera con los pulmones.

Empezamos a ascender, ¿o es una alucinación?

Se oye ruido de motores y de mamparos que chirrían. El fondo del mar aúlla como un animal.

Timones en subida. Avante despacio. Subimos, subimos más y más.

Estamos a cien metros de profundidad.

Salvados.

Como alguien en casa se queje de que la mantequilla está pasada, tienes mi permiso para ponerle un ojo a la virulé, porque no merece la vida que tiene. Estos muchachos están aterrados, pero no se quejan, sacan fuerzas de la flaqueza y, tensos como están esperando lo que sea, serían capaces de perforar un cazatorpedero con las uñas. Están preparados. Y desarmados.

Cuando vuelva a casa, Rina, quiero dormir, pero antes, antes de dormir, ¿haremos el amor?

En el silencio se oyen ruidos metálicos.

9. STUMPO

Cuando se oye ruido de metal que rasca, mala cosa. He inyectado todo el aire que había en el submarino y hemos empezado a subir. Pero algo pasa. Y nadie sabe lo que es. No lo saben los pastores sardos que dicen que se tiran a las ovejas, ni los sastres napolitanos, todos estos jóvenes que firman con una X, pero tampoco los que tienen carrera y son un pico de oro. Nadie, nadie lo sabe.

Es un cable con minas. Lo dice el comandante, que sí lo sabe. Y ahora estamos de nuevo en vilo, como funambulistas que caminaran por una cuerda. Estamos otra vez bloqueados. Volvemos a las mismas. Los muchachos se asustan, se desesperan, sudan. Miro al comandante a los ojos, porque yo, Vincenzo Stumpo, el coralero, no temo nada ni a nadie. No temo al comandante, que sabe lo que es la muerte, como lo sé yo, ni me da miedo morir, porque yo también sé lo que es la muerte. Lo sé desde que perdí a mi padre, que murió en el mar con un ramillete de coral en la mano. Digo ramillete porque los pescadores de entonces creían que el coral era una planta; ahora todos sabemos que no lo es, pero yo ya lo sabía, yo ya veía que no era una planta, sino un animal.

Pero a lo que iba: hay que cortar ese cable al que van atadas las minas si no queremos saltar por los aires.

Y resulta que el comandante quiere salir a hacerlo. ¡A cien metros de profundidad! ¿Y si no aguanta? ¿Qué será de nosotros? Con todos los respetos, eso sí que no.

Marcon, su mejor amigo, también se da cuenta de que no puede ser. Y quiere hacerlo él. Pero, ¿adónde vas tú, Marcon, que como mucho te habrás bañado en las aguas de Venecia y seguro que un día viste un cangrejo y te asustaste? Perdona, Marcon, pero no. Tráeme el respirador sin burbujas, que a esta profundidad voy yo, Vincenzo Stumpo, el coralero de Torre del Greco. Apártate, déjame pasar que tome aire. Dadme unas cizallas y callaos, que me concentre.

Allá voy. Inúndame la escotilla.

10. TODARO

Stumpo ha salido. Nosotros estamos a la escucha, no podemos hacer otra cosa. ¡Y qué vamos a oír en este silencio! El hidrófono es como nuestro oído, casi sordo en medio de la inmensa masa acuática.

Se oye como un chirrido débil. Eso es que las cizallas no cortan. Sí, cortan, cortan, seguro que sí.

Arrancad los motores, id preparándoos.

11. STUMPO

¡Qué poblado está este océano! Hay un montón de medusas hembra, seguro que algún tiburón al acecho que no veo, plancton y basura marina... ¡Y cuántos pececillos, qué graciosos!

Siento que me agarroto y estas putas cizallas no cortan. ¡Virgen santísima, Stella Maris, afílame estas tijeras! ¡Y tú, san Vincenzo Romano, protector de los coraleros, que me has dado tu nombre, dame también fuerza! ¡Y tú, Jesús, no llores, que no es momento de llorar, sino de hacer que esto corte! ¡Dios mío, ayúdame! Pero ¡qué Dios ni qué ocho cuartos, si no existe! ¡Yo este cable lo corto aunque sea con las manos, con las uñas, con los dientes...!

¡Qué bonitos colores! La verdad es que es todo un espectáculo. Ahora que estoy solo, podría aprovechar.

Tengo veinte años y me querría casar,
de una hermosa sirena me querría enamorar,
todas las noches la vendría a visitar,
aunque si tenemos un hijo, ¿cómo saldrá?

Voy a morir. ¡Vale, me da igual! Pero espera, muerte, espera un poco, solo un poco; si me llevas ya, ¿para qué servirá mi muerte?

¡Padre! ¿Qué haces tú aquí?

¡Ya está! ¡He cortado el cable! Gracias, Virgen santísima.

Ya está libre el submarino y empieza a subir.

Yo me quedo aquí otro ratito, con estas medusas, estos pececitos... ¡A lo mejor aparece una sirena! Idos, idos vosotros.

Voy a morir, pero ya me da igual.

12. MULARGIA

«El aire puro huele mal.»

Es lo que decimos los submarinistas cuando respiramos por primera vez al aire libre después de muchos días de inmersión. «El aire puro huele mal.» Lo decimos no solo por superstición, para que nos traiga suerte (que también), o porque queramos consolarnos de haber pasado tanto tiempo encerrados respirando grasa y sudor (que también), sino porque es verdad. Hay algo que huele mal en el aire puro. Es un mal olor que la misma pureza del aire disimula, pero que nosotros percibimos por el hecho mismo de haber pasado tiempo sumergidos. Sí, el aire puro huele mal.

Sin embargo, no es fácil decir qué es ese mal olor, porque no siempre es el mismo. Cada espacio abierto tiene su mal olor, que depende de la ubicación, de la hora (normalmente de noche es peor), de las condiciones atmosféricas, de si estamos cerca de tierra firme o no, de la humedad. Pero sí: así como hay un poco de aire puro en el aire viciado que se respira en inmersión, así también hay un mal olor en el aire puro que respiramos cuando el submarino emerge y salimos a respirar. Los submarinistas lo notamos. Es una de las primeras cosas que nos dicen en la academia. El aire puro huele mal.

Hoy he respirado por primera vez el aire del océano Atlántico. Hemos cruzado el estrecho de Gibraltar y ha sido muy triste, porque hemos perdido a Stumpo, el coralero, pero también un gran alivio. Hemos salido todos, por turnos, y ha sido como volver a nacer. Yo nunca había estado en el Atlántico, porque me formé como servidor de cañón en aquellos viejos cazatorpederos Turbine con nombre de viento –*Bóreas*, *Aquilón*, *Austro*, *Céfiro*...– que solo navegaban por el Mediterráneo. Aunque, de todas maneras, el aire que se respira en la cubierta de un barco de superficie, aunque uno se haya pasado también todo el día dentro, es distinto. Nadie dice que huela mal, porque no huele mal. Aunque tampoco es puro: está como contaminado por la vida normal, por las comunicaciones de radio, por todos esos cañones, todas esas ametralladoras, toda esa gente que va y viene. He estado en algunos cruceros en cuya cubierta había hasta una pista de balonvolea. ¿Cómo va a ser puro el aire ahí arriba, aunque sea en mar abierto? ¿A qué puede oler mal?

¿Qué mal olor tiene el aire del océano Atlántico? Aún no lo sé, porque no he tenido tiempo de notarlo. Primero, hemos empezado todos a fumar y el aire olía a puro, a tabaco de liar, a cigarrillos Milit, Alfa, Macedonia. Y luego me ha ocurrido una gran cosa y ya no me he fijado en si el aire del Atlántico olía o no olía mal.

La gran cosa que me ha ocurrido es que he conocido personalmente al comandante. Yo salí de los primeros, con los oficiales, para ver si, con el hundimiento que hemos sufrido, les había pasado algo a los cañones. Pues bien: estando allí, en el cañón, veo de pronto al comandante a mi lado. No lo veo llegar, aparece de pronto.

–¿Algún daño? –me pregunta.

–No, mi comandante –contesto.

Él aprueba, en silencio. Lleva unos pantalones cortos y va descalzo. Sobre nuestras cabezas, el cielo gris.

Saca un paquete de tabaco y empieza a fumar, pasando de mí, pero sin irse de mi lado. Es de día y, normalmente, de día navegamos sumergidos, solo salimos de noche, pero hay daños eléctricos y para repararlos debemos navegar en superficie. Y por eso, porque es de día, no es peligroso que encienda un cigarrillo. Pero vi que lo hacían también de noche antes de llegar al Atlántico, él y otros: el ayudante de a bordo, que es amigo suyo, los demás oficiales..., porque aquí fuma todo quisque.

Pues bien: fumar de noche, en cubierta, es peligroso, porque el ascua del cigarrillo se ve desde muy lejos. Ellos tapan el cigarrillo con la mano y agachan la cabeza cuando dan una calada, pero el rojear del ascua siempre se ve. Es una luz vívida, se ve desde muy lejos. Por eso me armo de valor y le pregunto:

–¿Me permite que le muestre una cosa, mi comandante?

–Claro.

Saco del bolsillo el medio puro que me quedaba, lo enciendo dejando que prenda, sin aspirar, y protegiéndome del viento con el ayudante de a bordo, que se nos ha unido y está fumando también, con esa cara hecha cisco que tiene. Encendido el puro, me lo meto en la boca con el ascua hacia dentro, cierro la boca y fumo *a fogu aintru*, como decimos nosotros. Así el ascua no se ve, no se ve ni el puro, lo tengo todo metido en la boca. Doy dos buenas chupadas, porque sé cómo hacerlo, y echo el humo por la nariz, luego saco el puro y lo apago en la punta de la bota. El comandante y el ayudante de a bordo me contemplan asombrados.

–Esto se llama fumar *a fogu aintru* –digo.

–¿Cómo?

Nadie lo entiende a la primera.

–*A fogu aintru* –repito, despacio–, con el ascua dentro. Así podemos fumar sin que nos vea el enemigo.

El comandante me mira fijamente. Llevamos una

semana navegando, pero es la primera vez que me mira de este modo.

—Eres sardo, ¿verdad? ¿De dónde?

—De Nurri.

No me pregunta dónde está Nurri. Todos lo hacen y yo siempre contesto: «Cerca de Orroli, el pueblo donde está la nuraga más importante de Cerdeña»; pero él no me lo pregunta. ¿Sabrá dónde está Nurri? ¿Sabrá que hay un río y un lago que se llaman como yo, Mulargia? Aprueba, sin dejar de mirarme.

—¿Y se puede hacer eso con un cigarrillo? —me pregunta.

—Sí, claro —contesto.

—¿Sin quemarse la boca?

—Sí, si se sabe hacer. —Para fardar un poco, les digo lo que dice siempre mi padre, que luchó en la guerra y perdió una pierna en la meseta de Asiago en 1917, razón por la cual yo nací al año siguiente—: Los soldados italianos fumaban así en las trincheras porque sus camaradas sardos de la brigada Sassari les enseñaron a hacerlo.

El comandante deja de mirarme y se vuelve hacia el ayudante de a bordo, que sigue fumando. Algo se dicen con los ojos, pero no lo entiendo. Luego me mira otra vez y me pide lo que yo estaba deseando que me dijera:

—¿Me enseñas cómo?

Y quiere decir ya, ahora mismo. ¡Qué emoción! ¡El comandante queriendo aprender algo de mí! El ayudante de a bordo tira el cigarrillo y se marcha. El comandante se queda conmigo en el cañón y le grita:

—¡Pon música y dile al cocinero que se ponga a preparar ñoquis!

13. GIGGINO

El ayudante de a bordo viene a la cocina cuando estamos limpiando las fiambreras. Yo sigo recitando mi rosario de cosas ricas, como me ha pedido que haga el comandante: grelos, escabeches, espaguetis con sardinas, natillas... El ayudante de a bordo me aprieta en el hombro con tanta fuerza que casi me hace daño y dice:

–¡Haz ñoquis, Giggino! ¡Lo ordena el comandante!

Y se va.

O sea, que acerté: hemos cruzado el estrecho de Gibraltar, estamos en el Atlántico y es hora de empezar a comernos las cosas ricas. Le doy un abrazo a mi pinche, Vincenzo, mejor dicho, Vincenzo el Pobre, como lo llamamos nosotros para diferenciarlo del otro Vincenzo, el operador de motores y coralero, el que salió esta mañana con escafandra y no volvió, un héroe, como dice el comandante, sin cuyo sacrificio todos estaríamos ahora muertos, seguro que le dan la medalla de oro al valor militar a título póstumo. Pero, aunque este Vincenzo ya no existe, a mi pinche seguimos llamándolo Vincenzo el Pobre, porque es analfabeto, tiene un montón de hermanos y hermanas menores que él que viven apretujados en un bajo y, lo peor de todo para mí, no tiene madre. Se sabe el alfabeto hasta la letra *g*, de las que vienen después de la *h* no se acuerda. Es lento y está un poco sordo. Tiene diecinueve años.

¡Ñoquis!, gritaba. ¡Ñoquis! Estaba feliz y eso que media hora antes lloraba por la muerte del otro Vincenzo. Era sincero entonces y es sincero ahora, lo que hace que a mí también me sea más fácil serlo. Yo también lloré esta mañana y soy feliz ahora. Si a él no le da vergüenza, a mí tampoco. Esta mañana estaba triste y ahora estoy alegre. Estoy vivo. Voy a hacer ñoquis. Me va a salir la salsa de tomate más rica del mundo.

> Ir
> por el vasto mar
> riéndose de la muerte y del destino...

Es el himno de los submarinistas. Ha empezado a sonar de pronto por los altavoces. Es otra orden del comandante, dice el ayudante de a bordo, que pasa corriendo por la cocina, camino de cubierta. Y cuando el comandante ordena poner este himno, es como si ordenara también que lo cantemos todos, allí donde estemos. Es muy bonito...

Golpear
y hundir
todo enemigo que encuentre en el camino.
Así vive el marinero
en el profundo corazón
del sonoro mar.
No le importa el enemigo ni la adversidad,
porque sabe que vencerá.

Cantando, Vincenzo el Pobre corre a por las patatas, que hasta ahora no podíamos tocar, y se pone a pelarlas, y yo, cantando también, pienso ya en la salsa –cebolla, apio, tomates pelados, parmesano...– y la saboreo de antemano, como hice con los besos de mi Anna cuando nos conocimos en el hospital de la base de La Spezia: los sentí con la primera sonrisa que me puso.

Bajo la ola gris de niebla al amanecer
una torreta espía a la presa que pasa.
Sale del submarino,
rápido e infalible,
derecho y seguro,
surca el torpedo,
explota y sacude el mar.

El tocadiscos, uno eléctrico de la marca Lesa, en el que han puesto el himno, lo ha traído el mismo comandante. Pero no es suyo. El comandante no tendrá dinero ni podrá comprarse cosas, pero es rico por esto, porque sabe hacer que le presten lo que quiere.

14. STIEPOVICH

Y mientras el comandante aprende a fumar al revés y el himno suena por los altavoces, yo veo un avión. Lo veo antes que nadie, minúsculo, allá arriba, en el cielo gris; podría ser una mancha en mi pupila, o una mosca, o un avión de la RAF que vuele a unos tres kilómetros de distancia, pero grito antes de saberlo:

—¡Mi comandante! —Y señalo el punto del cielo, que queda a sus espaldas, por la popa, a sotavento, en dirección a Gibraltar, a Europa—. ¡Mi comandante!

En efecto, es un avión de la RAF que vuela a tres kilómetros de distancia.

Lo espectacular de un combate que se libra en el mar es ver cómo, en unos segundos, unos chavales que se pelean a toallazos se convierten, de pronto, en una máquina de matar. Pero lo que normalmente ocurre en un submarino cuando aparece un avión en el cielo es lo siguiente: se oye una sirena que toca a inmersión y en unos cuarenta y cinco segundos, que son los que ha cronometrado el comandante en los últimos ejercicios, en unos cuarenta y cinco segundos, repito, el submarino desaparece bajo el agua, envuelto en la espuma que forma, con lo cual el peligro queda conjurado si el avión es un caza, como lo es este, ahora se ve bien, ya que los cazas no lanzan cargas de profundidad. Solo que esta vez es distinto, porque no podemos sumergirnos, estamos reparando los daños, hay bombas de agua y soldadoras funcionando, dobles fondos abiertos y gente trabajando, ¡y por tanto toca combatir en superficie!

–¡A los puestos de combate! –nos ordenan.

En un santiamén, Mulargia se coloca en un cañón y Cei, el artillero jefe, en el otro. Poma y Cecchini corren a las ametralladoras, saltando por la cubierta estrecha y resbaladiza. Son agilísimos, pero si alguno de los dos hubiera tardado un poco, juro que habría ido yo a servir la ametralladora: un cañón no, con un cañón podría disparar contra un barco, si acaso, no contra un avión; pero con una ametralladora sí, sobre todo con estas del *Cappellini*, con las que ya he disparado y que se me dan bien. Ya le pregunté al comandante si me dejaría disparar algún día con ametralladora, se lo pregunté en veneciano, porque le gusta que le hablen en su dialecto, y en la universidad yo he estudiado los dialectos friulano, feltrino, veneciano, paduano, vicentino, veronés, veronés del valle, polesano:

—Comandante, ¿me dejará algún día disparar a los ingleses con ametralladora?

Y él me contestó:

—Bueno.

El avión empieza a disparar, pero los disparos suenan como estornudos y son inofensivos, porque aún está muy lejos, y no respondemos al fuego para no desperdiciar munición. Está claro que el inglés no quiere combatir; que está pensando en delicias lejanas, claridades y blancos caminos de campo, y solo dispara para que lo veamos, el submarino se sumerja y se acabe la cosa. Mi capitán, me he lanzado en picado contra los italianos y los he ametrallado —ra-ta-ta-ta-ta—, pero ellos se han sumergido enseguida y se han librado, malditos sean. Y así habría sido si esta vez no fuera distinto, pero lo es y tenemos que seguir en superficie y ya somos una jauría sedienta de sangre inglesa y el inglés no lo sabe.

Lesen d'Aston, el director de tiro, escruta el cielo en silencio junto al comandante, entornando los ojos firmes y claros: es el oficial más joven, un año menor que yo, marqués de Flandes y gran patriota, un predestinado. Nadie hace ruido, nadie se mueve, el *Cappellini* es como un monstruo silencioso que se camufla con el gris del océano, y el caza se acerca también sin que lo oigamos, porque viene por sotavento y los vientos occidentales del Atlántico, los *westerlies*, como los llamará el inglés de allá arriba, que está a punto de morir, los Cuarenta Rugientes, los Cincuenta Furiosos, que soplan desde el cabo de Hornos, se llevan el ruido del motor de este avión que dentro de poco será una bola de fuego y el agua helada se tragará. Parece la escena de una película muda: el avión se acerca y no se oye ruido.

Y de pronto disparamos en serio. El inglés se resigna y desciende ladeado para que sus disparos abarquen más objetivo, pero se topa con el muro de plomo que le oponen ametralladoras y cañones y enseguida da media vuelta, se aleja. Se resiste a combatir, no quiere morir hoy, pero nuestros tiradores ya han olido sangre y siguen disparando aunque ya no lo alcancen: parecen equilibristas, sobre todo los que sirven los cañones, de pie en la cubierta desnuda sin una barandillita en la que apoyar los pies. Con el mar que hay, es como mantenerse en equilibrio sobre una cuerda.

En esto aparece otro avión, cuyo piloto es mucho más audaz: apenas lo avistamos (de nuevo por sotavento, de nuevo sin que se oiga) y ya se lanza en picado, y no se vuelve cuando abrimos fuego, sino que sigue bajando, y se hace más y más grande, escupiendo llamaradas por el cañón de sus ametralladoras, vemos incluso la cabecita del piloto, de ese piloto cuya vida es seguramente turbulenta, desgraciada, no tiene valor para él, a juzgar por la manera como se arroja a nuestras garras. Pero aun así se libra, consigue tirotear el lomo del *Cappellini*, nosotros nos tiramos al suelo, los cañones no le aciertan, las ametralladoras tampoco y él remonta el vuelo, milagrosamente intacto, mientras su compañero, cuya vida es más feliz, sigue a lo suyo allá arriba, fuera de tiro. Y atención: Mulargia está herido. Lo han alcanzado en la cabeza, de refilón, sin duda, porque si no estaría muerto, pero allí sigue, aferrado al cañón, disparando, y cuando la sangre le cae por los ojos se la enjuga con la mano, se la sacude como si fuera sudor y se limpia en los pantalones. Es él quien, cuando el avión vuelve a lanzarse en picado disparando, acaba con este segundo caza de un cañonazo que parece un sablazo, por lo preciso que es: el caza empieza a dar vueltas, con los motores en llamas, echando humo negro, haciendo un ruido desesperado, y viene hacia nosotros –¡ay, ay!–, directo hacia nosotros –¡ay, ay!–, porque seguramente el sinvergüenza del piloto quiere estrellarse contra el submarino y no morir solo. No nos acierta por un pelo y cae en el agua a unos metros del submarino, en medio de una masa de fuego y agua cuya belleza nos deja pasmados: es una belleza que solo conoce el marinero que muere en el mar, cuando la batalla se libra entre grises, blancos y azules y hay alivio y hay muerte; una belleza que solo conoce quien conoce la guerra, «que ya no hace falta más decir cuál sea», como dice Dante.

El otro caza lanza algunas bombas más, pero es el piloto que no quiere morir y las bombas explotan lejos. Mulargia, el héroe, con la cara ensangrentada, le dispara unos cañonazos y el avión retrocede. En ese momento sale Dalicani por la escotilla y dice que Schiassi, el radiotelegrafista, acaba de interceptar un mensaje que ha enviado el piloto a su base: se ha quedado sin bombas, el combustible se le agota también y se vuelve. El inglés no quería morir hoy y no morirá hoy.

El comandante llama corriendo a Barletta, el señalador, y le pide que envíe un mensaje al caza, que se aleja perseguido por el plomo de las ametralladoras: «¡Vivan los ñoquis!», reza el mensaje. Acto seguido ordena el alto el fuego, el silencio reina de nuevo en el océano y se oye el avión inglés que se aleja por sotavento. Pero, de pronto, da media vuelta y por un momento parece que se lance en picado sobre nosotros, pero no: lo que hace es responder al mensaje con las luces de posición. Barletta descifra: «Que *aprobeche*». «Con *b*», puntualiza. El avión da media vuelta y vuela a su base sano y salvo. Del otro avión no queda ni rastro: se han extinguido las lenguas de fuego que ardían en la superficie, el humo se ha dispersado y no flota ni un resto: como si no hubiera existido.

El *Cappellini* canta victoria.

15. MARCON

3 de octubre de 1940
16:00 horas

Por fin ha podido sumergirse el *Cappellini*. Lo ocurrido en las últimas diez horas nos ha recordado a todos qué significa combatir en un submarino: peligros por todas partes, abajo, arriba, en el mar, en el cielo, dentro, fuera; aparatos que se estropean; oxígeno que falta; muerte, como la del pobre Stumpo, que ha dado su vida por salvarnos; sangre, como la de Mulargia, el artillero, herido en la cabeza por aquel moscardón, no tan levemente, al final, porque la herida era grande y ha perdido mucha sangre: la lavé yo en la cubierta y era mucha.

Ahora estamos a cincuenta metros de profundidad, navegamos tranquilamente hacia la zona que se nos ha asignado con rumbo sudoeste, los hidrófonos no señalan nada, podemos respirar un poco. Todaro atiende personalmente a Mulargia y le cose la herida de la frente con aguja e hilo. Mulargia se queja dignamente. Toda la tripulación se ha reunido en torno a ellos, aquí en la proa, y no se oye una mosca. Muchos jóvenes fingen que miran la operación, pero en realidad apartan los ojos, los fijan en pomos e indicadores, en las placas de latón remachadas en las que pone: LUBRIFICAC. Y COMPR. AIRE DE P. 1, ENVÍO Y COMPR. AIRE DE P. 2.

También yo miro las placas, también a mí me da impresión ver cómo el comandante le cose la herida a Mulargia. Hay una cabeza de ajo incrustada entre los indicadores del aceite del motor.

Los que sí observan sin desviar la mirada son los demás artilleros, Cei, Poma y Bastino, y Fraternale, Bursich, Bono. Son los únicos que lo hacen.

Todaro rompe el silencio:

—La sutura no es perfecta, pero detiene la hemorragia.

Llama al cocinero, Giggino, que se apellida Magnifico; lo llama por su apellido, por su apellido y su graduación, es decir, llama al cabo mayor Magnifico, y le pide que traiga coñac. Yo, que lo conozco, sé que lo llama así porque considera que la situación es solemne.

Giggino trae el coñac y dos vasos, pero Todaro solo llena uno y se lo da a Mulargia, que bebe. Devuelve a Giggino botella y vasos, intercambian una mirada cómplice, que no sé qué significa, y ayuda a Mulargia a ponerse de pie. Lo mira como se mira a un hijo valiente, con orgullo.

—No estoy facultado para otorgar medallas, pero quiero condecorar al valiente artillero Mulargia de algún modo. —Hace una pausa y yo, que lo conozco, sé lo que quiere decir. Nos mira—. A partir de ahora le doy permiso para llamarme de tú y podrá dirigirse a mí diciendo: «Tú, mi comandante».

Esto me recuerda lo afortunado que yo soy: Mulargia ha tenido que estar en un tris de morir y abatir un avión enemigo para merecer lo que a mí se me concede sin haber hecho nada.

Llegan los ñoquis humeantes y entiendo lo que era aquella mirada.

16. TODARO

Queridísima Rina, llevamos una semana sin novedades.

De día navegamos sumergidos y respirando el mal olor del ser humano. No hay duchas en el submarino y, de los dos baños que hay, solo funciona uno. El agua potable escasea, los ñoquis son un recuerdo lejano.

Por la noche salimos a la superficie y combato el mal olor del aire puro fumando un puro *a fogu aintru*, como me ha enseñado Mulargia, ya verás cómo se hace. Estamos muy lejos de la meta de nuestra misión, que es una «emboscada».

Leandri, uno de los operadores de torpedos, livornés, y Poma, uno de los artilleros, siciliano, se han peleado por cuestiones religiosas. Ha sido una riña épica y ancestral, una lucha titánica en torno a la cuestión suprema por la que los filósofos escriben sesudos tratados y los animales dirigen gruñidos al cielo. Ellos casi se matan a puñetazo limpio y dirigiéndose insultos que no entendían. Poma se ha golpeado la mano con uno de los mamparos, que son de acero, y se la ha fracturado, lo que es un serio problema para un artillero. Al menos no se han liado a navajazos.

Así es la Italia unida, Rina: aquí, un livornés y un siciliano son más que extranjeros el uno para el otro, son directamente habitantes de dos planetas distintos y lejanos, por lengua, cultura, carácter.

Minniti, Schiassi, Mancini, Giuseppe Parlato, que es el jefe de los operadores de torpedos, Negri, Raffa... somos un conjunto de ojos de loco, granos, pelos sucios, labios abultados, venas de la frente marcadas, carcajadas, pieles tirantes, tatuajes, manos que no pueden estarse quietas.

Pegadas a las paredes, hay estampas de santos, vírgenes, mujeres, novias, modelos de revista, cuernos y herraduras, y cabezas de ajo incrustadas en los instrumentos.

Toda la juventud del mundo está metida en esta especie de puro de acero.

Pero precisamente este crisol, en el que se funden todos los dialectos, pequeñas industrias y grandes obras del ingenio, necias creencias paganas, la revolución igualitaria del cristianismo y las viejas reliquias, es nuestro tesoro; precisamente esta mezcolanza, maravillosa y pútrida, es Italia.

Queridísima Rina, siéntete orgullosa de nuestra lucha, transmite ese orgullo a nuestro hijo y ten paciencia si no recibes mensajes míos, es que solo encendemos la radio en caso de necesidad.

La espalda me duele siempre, pero no tomo morfina, aunque ganas no me faltan, y practico yoga cuando me siento triste y pienso con nostalgia en Sottomarina, en cuando éramos niños y en don Voltolina, que no comía para dar de comer a quien pasaba hambre.

Otras veces decido curar el mal de la distancia con un mal más fuerte y llamo a Marcon y le pido que me hable en dialecto. El placer de oír mi lengua me consuela y ya no me siento lejos, sino en casa.

17. MARCON

13 de octubre de 1940
22:15 horas

Hace días que navegamos sin objeto, que batimos nuestra zona del Atlántico yendo y viniendo inútilmente en diagonal. Por la noche salimos a tomar el aire, de día navegamos sumergidos. Estamos en guerra, pero no hay guerra, no hay enemigos, no hay nada. Solo hay agua gris y cielo negro, o viceversa. Desde la base de BETASOM no nos señalan convoyes que podamos atacar. Hasta la señal de Radio Andorra ha desaparecido.

Todaro está cansado, se nota. Está cansado y ese aparato que procura esconder llevando siempre el cuello de la camisa abotonado le hace sufrir. También procura esconder el sufrimiento mismo, pero yo sé que sufre porque sé lo que es sufrir como él sufre.

81

Conozco ese dolor que siempre está ahí, con nosotros, hagamos lo que hagamos. Por ese dolor nos hicimos amigos en el hospital.

Esta noche me lleva a su camarote. No entraba yo en él desde que partimos y ya creía que no volvería a hacerlo. Me dice que me siente en su silla. Se quita los pantalones, la camisa y la camiseta interior y se sienta en la litera, en calzoncillos, con el aparato metálico a la vista, apoyando la espalda en el mamparo. Cierra los ojos y se relaja y parece que se olvide de mí, como si yo no estuviera. Me quedo quieto como un pasmarote, respirando apenas para no molestarlo, y así pasan cinco minutos.

Es una situación extraña.

Solo muevo los ojos, porque los ojos no hacen ruido. Contemplo su pequeño mundo secreto. Sobre la mesa, además de una carta que está escribiéndole a su mujer («Queridísima Rina...»), hay un frasco de morfina, cerrado, intacto, y una revista de color rojo que se titula *La Rivista Magnetica*, de noviembre de 1930. En la portada se lee: «Historia del ocultismo» e «Índice: la magia mental de la...».

De pronto su voz me sobresalta.

—Háblame en veneciano —me dice.

—¿En veneciano? —contesto con otra pregunta, como hacen los judíos.

—Sí, en dialecto.

—¿Y qué quieres que diga?

—Lo que quieras. Háblame de tus sueños, de tus pasiones, de tu familia. Es una orden.

Esboza una sonrisa, muy leve, y yo, sin vacilar, obedezco la orden y empiezo a hablar en dialecto:

—Mi familia... Pues resulta que yo soy huérfano y mi familia es la marina. La que sí tiene mucha familia es mi mujer: cuñados, cuñadas, suegros, sobrinos... Vivimos todos juntos en una casa de campo de Sant'Erasmo y estamos tan apretados que, cuando voy de permiso, tengo la impresión de que aquí en el submarino estoy más ancho. Se llaman Boscolo. Son buena gente, una familia de campesinos de toda la vida, campesinos de Sant'Erasmo de toda la vida. Tienen un poco de tierra y cultivan lo típico de la isla: alcachofas, uva blanca para hacer vino. Están tan apegados a su tierra que mi mujer no quiso acompañarme ni a Taranto, ni a Livorno ni a La Spezia, quiso quedarse en Sant'Erasmo y criar allí a nuestros hijos. Yo voy de mala gana, pero me ha hecho prometerle que, si no me matan, cuando acabe la guerra me iré a vivir allí, a aquella tierra que apenas conozco.

Estoy hablándole de mi familia en dialecto como me ha ordenado y, de pronto, me ocurre algo extraño: me doy cuenta de que nunca le había contado a nadie estas cosas sencillas y también yo me tranquilizo, me relajo, me siento bien y sigo hablando.

Mis sueños, mis pasiones...

—Pues eso, que voy a irme a vivir allí y a dedicarme a criar burros. Los burros me encantan, me gustan más que los seres humanos, son los animales más hermosos del mundo. Me gustan porque son pacientes, humildes, y tienen mucha cabeza, sí, son muy inteligentes. Me encanta cuando, para esquivar un palo, sacuden las orejas como si espantaran moscas. Me encanta cuando agachan la cabeza con esa dignidad que solo ellos tienen y se quedan de pie con las pezuñitas juntas, en una actitud tan tierna que dan ganas de llorar. Los quiero más que a los hombres, pero, mira por dónde, aquí estoy jugándome la vida por los hombres...

Todaro, apoyado en el mamparo, con la cara completamente relajada, parece que se ha dormido. El extremo del aparato le roza y la piel se le ve amoratada. Dejo de hablar y me susurra, para demostrarme que me escucha:

–Los burros... Sí, graciosos animales...

Me levanto muy despacio y le pongo la almohada en la nuca. Me dispongo a salir de puntillas, pero antes de dar un paso, lo juro, él me dice:

–No, no te vayas... Despiértame dentro de una hora...

Es el tiempo que quiere descansar.

–Una hora es muy poco, Salvatore...

–Te digo que una hora... Es una orden. –Sigue con los ojos cerrados, lo dice también susurrando.

Vuelvo a sentarme.

Una hora. Sigo leyendo la portada de la revista roja: «Índice: la magia mental de la vida humana. Las fuerzas ocultas: el origen de la magia. Las fuerzas ocultas: experiencias hipnóticas. Las enseñanzas hindúes:

las cenizas del cuerpo. Iniciación al hinduismo. Necromancia. Aire puro. La ciencia y el ocultismo».

Su pecho aprisionado por el hierro se infla y se desinfla lentamente. Sus facciones se disuelven en el sueño. Descansa, por fin.

Pero una hora es muy poco.

18. MULARGIA

–*Po cambiai su chi apo nau cun s'ordini de ainnanti, po serviziu de chistionis sìghidi puru pusti su dosci de su mesi de ladamini usendu s'ora de lei in s'istadi. Passu.*

Por el aparato se oyen mal frases que solo yo entiendo. Habla el subteniente Mùlliri Antonello, desde la recién creada base atlántica de submarinos italianos de Burdeos, cuyo nombre en clave es BETASOM. Mùlliri transmite desde el *Admiral de Grasse*, el transatlántico francés en el que la Marina Real italiana ha instalado una emisora de radio, y habla en sardo campidanés. Yo tomo nota en un cuaderno y el comandante, Marcon, el ayudante de a bordo, y Schiassi, el radiotelegrafista, prestan atención, inclinados los tres, frunciendo el ceño y ladeando la cabeza como se hace cuando uno no se entera de nada.

Cuando Mùlliri dice: «*Passu*», yo le contesto: «*Tem-*

pus. Du nau a su cumandanti», apago el micrófono y le traduzco al comandante lo que he escrito en el cuaderno:

–«Contraviniendo la orden anterior, el horario de verano seguirá vigente en las comunicaciones después del 12 de octubre.»

La idea de usar el sardo campidanés para comunicarnos con BETASOM ha sido mía: mi tercer momento de gloria desde el comienzo de la misión. El primero fue enseñar al comandante y demás oficiales a fumar para adentro. El segundo fue que el comandante me condecorara por abatir el avión inglés. Y el tercero ha sido proponer este sistema de comunicación para evitar que los ingleses entiendan lo que decimos cuando hablamos con la base de Burdeos. Hasta ahora solo han sido mensajes protocolarios que para ellos no tienen importancia, pero nunca se sabe: como uno de los radiotelegrafistas del *Admiral de Grasse* es mi paisano Mùlliri, o, bueno, mi casi paisano, pues yo soy de Nurri y él es de Mandas, el pueblo de al lado, le dije al comandante, llamándolo de usted, por cierto, porque no me sale llamarlo de tú, como él me autorizó a hacer: «¿Por qué no les dice a los de la base que nos informe Mùlliri en campidanés? Es mejor que cualquier código cifrado». Al comandante le pareció una buena idea y por eso, desde que navegamos por el Atlántico, Mùlliri me transmite todas las órdenes en nuestra lengua y yo se las traduzco a los oficiales del *Cappellini*. Mi padre estará orgulloso de mí:

aunque él, Sassari, soldado de infantería, herido gravemente en la meseta de Asiago y medalla de bronce al valor militar, se opuso a que yo entrara en la marina, seguro que se alegrará cuando sepa lo que estoy haciendo en el *Cappellini*, a las órdenes del comandante Todaro.

Enciendo el micrófono y le pregunto a Mùlliri si eso es todo por hoy:

—*Grassia, Mùlliri. Non c'est atru? Passu.*

Y, para nuestra sorpresa, no es todo por hoy:

—*Eja. Eja. C'est un avvisu erribbau immòi immòi. Anti singialàu unu bastimentu stranu meda in fundu a unu stragàssu militari ingresu in sa sutt'eozona de bardàna numeru unu andendu concas a nord-sud. Passu.*

Emocionado, porque sé lo que significa, apago el micrófono y traduzco:

—Acaban de localizar un vapor sin pabellón que va escoltado por un convoy militar inglés en la zona de emboscada número uno, con rumbo norte-sur.

Todos se alegran, porque es nuestra zona. Es el mensaje que esperábamos desde que entramos en el Atlántico. El comandante dice:

—Si lleva rumbo norte-sur es que va a Freetown.

Pero la voz de Mùlliri se oye de nuevo por el altavoz, en italiano:

—Mulargia, ¿sigues a la escucha? Cambio.

Yo respondo en sardo:

—*Chei o Mùlliri, naramì. Passu.*

Pero Mùlliri sigue hablando en italiano, el italiano correcto y fácil que nos enseñaron en la academia:

–Tengo un mensaje para el comandante Todaro. ¿Está usted ahí, mi comandante? Cambio.

A todos nos extraña que Mùlliri no siga hablando en campidanés. El comandante me arrebata el micrófono y contesta:

–Aquí estoy. Cambio.

Como si advirtiera nuestra perplejidad, Mùlliri nos explica:

–Hablo en italiano porque es un mensaje personal, mi comandante. Es de parte de mi primo Careddu Efisio, el electricista al que dejó usted en tierra en La Spezia. Tres días después de que partiera el submarino, lo operaron de urgencia de peritonitis. Si se hubiera embarcado, habría muerto.

Nos quedamos mirando al comandante, que nos sostiene la mirada a duras penas. Mùlliri continúa:

–Mi primo quiere darle las gracias porque vio usted que le pasaba algo y le salvó la vida, a él y a toda su familia, yo incluido, si me permite decirlo.

Al comandante le cuesta cada vez más seguir impasible, pero lo consigue y se limita a sorberse la nariz.

19. TODARO

Rina, Bastino, el artillero, tatuador oficial, ha pintado al mago Baku con mi cara e incluso con el aparato; dicen que es clavado a mí.

Así es como me llaman, el mago Baku. Yo no me enfado, al contrario, me hace gracia y aquí una carcajada vale mucho. Pero la verdad es que veo cosas. Veo al enemigo que se acerca y lo espero con el cañón apuntándole.

Otra cosa que veo es que moriré en combate. Muy bien, maldito sea aquel griego que predijo mi destino, moriré. Pero tendrá que ser durmiendo. Despierto no podrán matarme.

20. MORANDI

Si yo viera en las personas como veo en el mar, sería como el comandante, un mago. Pero en las personas nunca veo nada: la maldad, la mentira, la mala conciencia siempre me pillan desprevenido. En cambio, en el mar lo veo todo, aunque esté oscuro y haya mucha niebla, como esta noche.

Esta noche he visto a nuestra presa. Habré tenido suerte, habrá sido una casualidad, pero el caso es que yo he visto la nave que buscábamos. Me han puesto de vigía justo cuando acababa mi turno y los ojos se me cerraban, me han puesto con Siragusa, que es de Mineo, Sicilia, y como no se le entiende nada no puede uno ni charlar con él. Marcon, el timonel primero, me ha dicho algo en su dialecto, el veneciano, que tampoco se entiende, pero el sentido era: «Tú lo verás, Morandi, tú tienes buena vista». Esto me ha despabilado más que si hubiera dormido ocho horas.

En realidad, la cuestión no es tener buena vista, pues miramos a través de prismáticos, sino saber ver lo que hay en el mar. En mi tierra, veo los peces desde la superficie y puedo cogerlos con la mano, veo las barcas en medio de la tempestad y podemos traerlas a tierra, veo a las personas que se ahogan y podemos salvarlas. Hay quien ve a los animales desde lejos, por ejemplo en la montaña, donde yo no veo ni lo que salta a la vista: «¡Allí, una cabra montés!». «¿Dónde?» «¡Allí, en aquel peñasco!». «¿Qué peñasco?» «¡Aquel que hay sobre el barranco!» «¿Qué barranco?» «El que hay a la derecha del torrente.» «¿Qué torrente?»... Pero en el mar lo veo todo. Eso sí, tengo que estar en él, rodeado de su ruido, de su olor, de sus olas que rompen y salpican como esta noche: a otros les molesta todo esto, a mí no. Por eso esta noche veo el barco que buscábamos.

Me espero a anunciarlo, porque tan pronto se ve como no se ve en el horizonte encrespado y estos días hemos visto muchos espejismos; pero esta vez no es un espejismo. Quiero ver la bandera, mejor dicho, la bandera la veo, quiero ver qué bandera es, pero estamos muy lejos, a cinco kilómetros por lo menos, y nadie podría verla. Quiero lucirme, quiero anunciar barco y bandera. Me arriesgo, porque Siragusa también podía verlo en cualquier momento, pero al final cogemos la cresta de una ola, mi campo visual se amplía, el bulto se ve más claro y me decido:

–¡Vapor a las once! ¡A cinco mil metros!

Es como si el *Cappellini* despertara de pronto: marineros que van y vienen por cubierta, gritos, silbidos, y en menos de dos minutos aparece a mi lado, aquí en la torreta, el comandante. Va descalzo, con capote, calzones y pasamontañas, y se pone a escrutar el mar por la tronera.

—A once horas, comandante —digo—. Es un mercante. ¿Lo ve?

—¡Joder, sí! —me contesta, sin dejar de mirar—. ¡Muy bien, Morandi!

Siragusa está detrás, rabiando.

Ahora que lo ha visto, seguro que el ojo inquisitivo del comandante está inspeccionando el barco: el mástil, la bandera que no se ve, el cañón de proa, las luces apagadas... Yo empiezo a enumerar lo que él ve, como si lo condujera por un lugar que conozco:

—Lleva las luces apagadas —digo—. Es un mercante, de ocho a diez mil toneladas, pero lleva un cañón en la proa.

El comandante no dice nada, puede que no haya visto aún el cañón, porque el cañón no es fácil de ver. Al final, dice:

—¿Y escolta?

—No veo escolta —contesto.

La noche es opaca, brumosa. El ojo del comandante sigue observando.

—No se ve bandera —dice.

—No, mi comandante —contesto y él sabe que si

93

no la veo yo no la ve nadie. Pero es un barco, hemos encontrado un barco.

Mi tarea acaba aquí. Yo soy solo alférez. En cambio, él es comandante y lo bueno de ser comandante empieza ahora.

–Da igual –dice–. Lleva un cañón y navega sin luces en zona de guerra. A hundirlo.

21. MARCON

15 de octubre de 1940
23:15 horas

−¡A los puestos de combate!

El grito que todos esperábamos sacude el *Cappellini*. Pocos sabemos lo que ocurre, es decir, que Morandi ha avistado un barco y Todaro ha decidido atacarlo. La mayoría de estos muchachos viven encerrados en su porción de bodega y no ven más que indicadores, cuerdas, volantes, válvulas. Se ven zarandeados, golpeados, sacudidos día y noche, o, mejor dicho, lo que para ellos es una noche continua. Pero basta ese grito para que todo se ponga en movimiento, las órdenes de maniobra pasen de unos a otros y el jefe de máquinas, Bursich, que repite las que da Todaro, ordene a su vez:

−¡Avante a toda máquina, diez grados a estribor!

–Y el *Cappellini* acelera–. ¡Cinco grados más a estribor!

–Con lo que nos expondremos menos al enemigo... aunque ni siquiera sabemos si es enemigo. Es lo que esperamos, pero no estamos seguros.

Los motores diésel funcionan a tope. El runrún de la marcha normal se convierte en un gran ruido. Todaro hace señas a Minniti, el hidrofonista, y este, que escucha con atención por los cascos de su aparato, el mismo que yo reparo casi todos los días, le dice:

–Estamos acercándonos.

–¿Distancia?

–Dos mil quinientos metros.

Todaro se dirige a la escotilla. Sé lo que está pensando, lo conozco, pero le pregunto de todos modos, dado que estoy facultado para ello:

–¿Vamos a sumergirnos y lanzar torpedos, Salvatore?

Todaro está ya agarrado a la escalera.

–No.

Claro. El comandante Salvatore Todaro es enemigo acérrimo de los torpedos.

–Esos supositorios no dan nunca en el culo –dice en dialecto, para que solo Stiepovich y yo lo entendamos–. Seguimos en superficie, preparad los cañones.

Ataque de superficie, pues. Mejor dicho, emboscada, como dice la consigna: Todaro ordena apagar los motores térmicos y encender los eléctricos, aunque naveguemos en superficie; es para no hacer ruido.

Salimos a la superficie. La noche se ha aclarado.

Conforme nos acercamos al objetivo, vemos que el mar se va calmando; dicen que el Atlántico es más caprichoso que una viuda y es verdad. En media hora pasa de la tormenta a la bonanza.

Nos calamos el pasamontañas, no por el frío, sino porque así nos vemos como negros ángeles del apocalipsis y nos excitamos. La adrenalina es el mejor antídoto contra el miedo a la muerte.

22. LESEN D'ASTON

Mar tranquilo, oscuridad, petróleo.

El *Cappellini* navega a ras de agua y no emite ningún brillo metálico. Es un bulto negro en medio de la negra oscuridad, silencioso y veloz.

El comandante va plantado en cubierta y se mantiene en equilibrio como el domador que monta de pie en su caballo.

Sigue medio desnudo.

Mira el reloj, el reglamentario de los oficiales de la marina. Faltan pocos minutos para la medianoche.

El barco de vapor, de pabellón desconocido, se halla ahora cerca, su masa oscura está a tiro. El *Cappellini* se alinea con él para ofrecer el menor blanco posible.

El comandante nos tiene a todos quietos.

El cañón del barco abre fuego. El tiro es largo.

El comandante les indica a los artilleros, que arden de impaciencia, que esperen.

—Estamos muy cerca, con el cañón ya no nos dan.

El barco dispara de nuevo. Este tiro también es largo.

Por la mira, los artilleros ven el barco nítido y bien encuadrado.

El comandante baja la mano.

—¡Fuego!

Los artilleros disparan.

Un tiro, de Bastino, cae en el agua. Otro, de Poma, hace lo mismo.

Poma se ha calado el pasamontañas, hace muecas de dolor. No puede usar la mano derecha, que se rompió al querer pegarle un puñetazo a Leandri y darse contra un mamparo. Sigue disparando como puede, pero no consigue dirigir el tiro.

Nos llueve plomo del vapor de pabellón desconocido, que ha debido de corregir el tiro.

Stiepovich le dice al comandante algo que no oigo, este lo mira y aprueba.

Stiepovich viene hacia mí, la barba le sobresale del pasamontañas.

—Poma tiene la mano rota y no puede disparar, ocupo su puesto.

Intenta apartar a Poma del cañón.

Poma, muchacho orgulloso, se resiste, pero la graduación de Stiepovich se impone. Puede que también lo convenza el dolor que siente en la mano.

Me mira.

Yo soy el jefe de tiro. Le hago señas de que ceda el puesto y Stiepovich se pone al cañón.

Yo soy el jefe de tiro y tendría que mandar a ese puesto a Mulargia, a Nucifero, a Cei, a Cecchini, que son los artilleros, u ocuparlo yo, en última instancia. Stiepovich no entiende de cañones. Pero es amigo mío. Somos los oficiales más jóvenes que hay a bordo. Me dice a menudo lo mucho que le gusta disparar. Además, le ha pedido permiso al comandante y este se lo ha dado.

El vapor, en efecto, ha ajustado el tiro y la lluvia de plomo cae sobre la cubierta del *Cappellini*.

Se levantan unas llamaradas impresionantes.

El primer disparo de Stiepovich da en el blanco y provoca un incendio en la popa del buque extranjero.

Stiepovich grita de alegría.

Ahora se lee un nombre en el costado del barco: *Kabalo*.

Y entendemos por qué no se veía la bandera: la llevan enrollada al asta. Aún no sabemos qué bandera es.

El *Kabalo* sigue disparando, el plomo silba sobre nuestras cabezas, pero otro cañonazo de Stiepovich alcanza de lleno al único cañón que lleva en la proa y lo destruye.

Aún ha tenido tiempo de disparar un último cañonazo, que estalla en cubierta. Stiepovich cae herido. Todaro, Marcon y yo acudimos en su ayuda.

La voz del vigía:

—¡Cañón enemigo inutilizado!

En efecto, el *Kabalo* ha dejado de disparar. En su cubierta arde ahora un único incendio impetuoso.

También en la cubierta del *Cappellini* hay llamas, pero la tripulación las apaga.

La ametralladora sigue disparando.

El comandante sostiene en brazos a Stiepovich, le quita el pasamontañas. Ve que tiene una pierna destrozada y le levanta la cara para que no la vea.

–Que vengan tres muchachos y lo lleven abajo –le dice a Marcon.

A Stiepovich le tiembla todo el cuerpo.

–He visto la pierna, mi comandante. –La voz también le tiembla. Ya no tiene pierna. La bota está como suelta–. Mi comandante, por favor, déjeme aquí, quiero ver cómo se hunde el enemigo.

El comandante respira una, dos veces, se quita también el pasamontañas, le dice a Marcon:

–Tráeme la morfina.

La morfina...

La tomará porque, aunque no lo sepamos, seguro que ese aparato que lleva le causa dolores de espalda.

Marcon desaparece por la escotilla.

No sabemos nada de nuestro comandante.

Todaro le levanta la cabeza a Stiepovich para que vea el barco que arde como una pira sobre el agua negra.

Me dice:

–Acerquémonos con ángulo de noventa y lancemos un torpedo de quinientos treinta y tres.

Yo llamo al sargento Parlato, repito la orden.

Parlato hace lo mismo por la escotilla.

El *Kabalo* arde, se inclina.

Stiepovich levanta la cabeza. Cada vez tiembla más.

—Un buen torpedo, ¿eh, mi comandante?

El *Cappellini* gira de medio lado para lanzar el torpedo. Cei, que sirve la ametralladora, sigue disparando contra el *Kabalo*, que es pasto de las llamas.

Una explosión ilumina el cielo del horizonte, más allá del barco que arde.

También mi voz tiembla:

—¡Tiro fallido, mi comandante! Largo. Voy a intentarlo con...

—¡No, Lesen! Déjalo. ¡Mulargia!

Llega Mulargia, también sin pasamontañas, con la cabeza vendada.

—¿Sí, mi comandante?

—Hundidlo a cañonazos.

El comandante apoya la cabeza de Stiepovich en su brazo.

Ya sabemos que no le gustan los torpedos.

Ahora el *Cappellini* y el *Kabalo* están muy cerca. Por fin se ve la bandera del barco.

Stiepovich tiene aún los ojos abiertos:

—Son belgas, mi comandante.

—Sí, y tendrían que ser neutrales, ¡maldita sea!

—Se lo haré constar, mi comandante.

Aún tiene ánimos para bromear.

Mulargia dispara un primer cañonazo, que es largo. Dispara otro y este da de lleno en el blanco.

Una llamarada aún más roja se levanta en la bodega de popa, se oye un estruendo aún más fuerte, se ve una explosión aún más grande.

Algunos hombres arden y se arrojan al agua desde la cubierta. Se oyen gritos, silbidos, hasta que se hace un silencio extraño en el que se oye el fragor de las llamas.

Llega Marcon con la morfina. El comandante le hace señas a Stiepovich de que esté tranquilo, llena la jeringa y le inyecta. Procura tenerle la cabeza lo más erguida posible para que vea el espectáculo del *Kabalo* que cae de costado, envuelto en llamas.

Se oye ruido de cuerdas que se parten, un borboteo infernal.

El *Kabalo* se hunde chillando como si fuera una langosta a la que meten viva en la olla.

Stiepovich cierra los ojos despacio. Parece que no vaya a abrirlos más, pero lo hace, justo cuando el mar se traga al *Kabalo*.

El buque desaparece de golpe, solemnemente, dejando un denso humo blanco donde antes había metal incandescente.

—Gracias, mi comandante.

Silencio.

23. STIEPOVICH

Máquinas. Esta es una guerra de máquinas. Y la paz que algún día le siga será también una paz de máquinas. El futuro será el tiempo de las máquinas, que ayudarán a los hombres a prosperar como ahora los ayudan a destruir el buque enemigo. Pero esas máquinas serán mejores que el hombre y pensarán y razonarán también: sí, en el futuro habrá máquinas inteligentes que nos aconsejarán y conjurarán nuestros miedos, y ese futuro no está lejos, está ahí, al otro lado de ese barco que arde, detrás de ese horizonte negro, llegará en cuanto dejemos de matarnos y hallemos la manera de convivir en paz. Yo lo veo. Las máquinas nos esperan en el futuro y el futuro nos espera en cuanto acabe la guerra. Nos espera un tiempo maravilloso.

24. LESEN D'ASTON

Si Stiepovich no fuera amigo mío, no estaría donde está. Si no fuera amigo mío, en su lugar estaría Nucifero, Cecchini o Cei.

Stiepovich cierra los ojos. Esta vez ya no los abre.

El comandante se oprime las sienes durante ese largo instante en el que la muerte, la muerte de cualquier persona, nos quita la respiración y parece insuperable.

Si él no le hubiera dado permiso, Stiepovich no estaría donde está.

Al final respira hondamente por la nariz, levanta los ojos, nos mira, a mí, a Marcon, a Parlato, y recobra el ánimo.

La muerte sigue en sus brazos, pero ya no le quita la respiración.

La voz de un marinero rompe el silencio.

25. TODARO

Al final ha ocurrido lo que tenía que ocurrir.

Hemos hundido un buque que viajaba sin luces, pero no me refiero a esto: para eso estamos aquí. Y hemos perdido a otro hombre, un joven oficial capaz y valiente.

Pero tampoco me refiero a eso.

Lo que tenía que ocurrir ha ocurrido inmediatamente después de que las cuerdas del buque que hemos atacado se rompieran y este se hundiera en el fondo del mar. Aún ardían unas manchas de gasolina en la superficie del mar cuando ha ocurrido lo que me quitaba el sueño en las noches tranquilas, aquello en lo que he pensado una y otra vez, preguntándome qué haría si ocurriera, mejor dicho, no si ocurriera, sino cuando ocurriera, porque sabía que ocurriría.

La primera voz grita a popa:

—¡Dos hombres al agua se acercan por estribor! ¿Qué hacemos, mi comandante?

Yo tengo en los brazos el cuerpo del pobre Stiepovich, que acaba de morir como un héroe. Un haz de luz barre el mar oscuro como el infierno, en el que se oyen gritos desesperados y silbidos de silbato aún más desesperados.

La segunda voz grita a proa:

—¡Otros tres hombres por babor, mi comandante! ¿Qué hacemos?

Son náufragos, Rina. Hombres vencidos que nadan con las pocas fuerzas que les quedan hacia el negro submarino que acaba de dejarlos en ese estado. Hombres que hasta media hora antes tenían lo mismo que todos tenemos, y no me refiero al dinero, Rina, no hablo de riqueza, hablo de las humildes cosas que todos llevamos con nosotros incluso en la guerra: fotos de seres queridos, una navaja de afeitar, brocha y jabón, tabaco, cerillas, un peine, brillantina, unas tijeritas, un llavero, unas mudas de ropa, un jersey de lana que nos confeccionó nuestra madre, unas zapatillas de estar por casa, un reloj de bolsillo que perteneció a algún antepasado nuestro, una baraja, una pluma estilográfica con tinta seca en la punta... Todas estas humildes cosas se han ido al fondo del océano junto con el barco que las llevaba. Esos hombres ya no tienen nada. Solo tienen un cuerpo, que cada vez les pesa más, que cada vez se acerca más al fin, un cuerpo caliente que el agua helada congelará en cuestión de minutos. Es más, querida Rina, no es que tengan exactamente un cuerpo, es que son ese cuerpo y solo eso. No son supervivientes, como dice la orden 154 de Dönitz, son náufragos. Veo sus ojos desorbitados, sus bocas abiertas, que van acercándose más y más, y yo aún tengo en mis brazos al pobre Stiepovich, al que tanto aprecio había cobrado.

La voz de Marcon:

—Se acerca un bote lleno de hombres, Salvatore, ¿qué hacemos?

Está ocurriendo lo que tenía que ocurrir, Rina mía, y solo me preguntan una cosa: «¿Qué hacemos, mi comandante? ¿Qué hacemos? ¿Qué hacemos?».

La orden número 154 de Dönitz es clarísima: dice que hay que abandonar a los supervivientes. Y en el caso de los ingleses, las órdenes de Lord Cunningham o del mismo Churchill mandan lo mismo: atacar, hundir, desaparecer. ¡Estamos en guerra, qué diablos!

Estamos en guerra, Rina, y bien sabes lo mucho que yo respeto la guerra, hasta qué punto estoy hecho para el combate y cuántas cosas estoy dispuesto a sacrificar por la guerra. Lo sabes porque una de esas cosas que sacrifico eres tú misma, nuestro amor, nuestra familia. Estamos en guerra, sí, lo sé muy bien, pero sé también que no solo estamos en guerra. Estamos en el mar. Y somos hombres. Y el mar también tiene sus leyes, como las tiene el ser humano, esté o no esté en guerra.

La orden 154 de Dönitz es clarísima, Rina, pero Dönitz no está aquí, en la oscuridad de la noche atlántica. Aquí estoy yo y, por encima de mí, está el buen Dios, como decía don Voltolina: «El buen Dios que todo lo ve...».

¡Cuántas veces lo he pensado, Rina mía! ¡Cuántas veces me he imaginado este momento! ¡Cuántas veces me lo he preguntado a mí mismo: «Mi comandante, ¿qué hacemos?»!

26. MARCON

16 de octubre de 1940
04:00 horas

—Subidlos.

Yo mismo repito la orden de Todaro, que los marineros cumplen de inmediato. Empiezan a subir a los que, más muertos que vivos, llegan nadando, mientras el bote de los otros supervivientes se acerca recortándose contra la mancha de petróleo que ha dejado el *Kabalo*, en la que se refleja la luz del faro.

Los náufragos que llegan nadando son cinco, y uno de ellos no tiene fuerzas ni para agarrarse a la cuerda que le tienden para subirlo a cubierta. Un compañero le ayuda y luego sube él. Su mirada cansada y agradecida se cruza con la de Todaro y revive. A los otros tres los suben también a cubierta. Dos de ellos tienen la piel negra, como negro es todo esta noche. Bastino y Cardillo los miran con recelo y evitan su contacto. El otro es blanco y tiene la cara quemada, como yo.

El bote llega al *Cappellini*, las luces de cubierta lo iluminan. Cuento a los hombres que van en él: veintiuno. Todaro se dirige al náufrago que lo miró, el que ayudó a su compañero:

–*Français?*

Es muy joven, tan joven como Stiepovich, que yace muerto aquí al lado. Lleva la ropa empapada, pero también quemada: es uno de los que se arrojaron al mar envueltos en llamas. Pero ni el miedo, ni el cansancio ni el asombro de ver a un oficial medio desnudo eclipsan la belleza de su rostro.

–Hablo italiano –contesta.

Todaro le pide que se identifique y él dice que es el teniente de navío Jacques Reclercq. Lo dice con un acento casi imperceptible, habla nuestro idioma mejor que muchos de nosotros, yo incluido. Todaro le pregunta lo que ya sabemos, cómo se llama y de qué nacionalidad es el buque hundido. Él contesta y añade que Bélgica es un país neutral. Entonces Todaro le pregunta por qué viajaban sin luces y él contesta que no lo sabe. Todaro señala el horizonte negro y pregunta:

–¿Y por qué escolta a un barco neutral un convoy inglés?

Nadie ha visto ese convoy, pero la pregunta da en el clavo porque el muchacho, sin contestar, se vuelve hacia el bote y busca con la mirada a un hombre recio, de aspecto rudo. A juzgar por la insignia que este lleva, debe de ser el comandante. El hombre mira al muchacho con una dureza que es una amenaza y el muchacho sigue sin contestar a Todaro.

Este observa al comandante, un hombre de edad madura, recio, de piel curtida, surcada de arrugas. Se lleva la mano al sombrero y le pregunta si también habla italiano. El hombre corresponde al saludo y contesta con una palabra seca, que yo también entiendo:

–*Dutch*.

Mira con desdén, pero Todaro no hace caso, al contrario, sonríe. Me mira y dice:

–No te extrañe, es que no son militares.

Se vuelve a su rudo colega y lo invita, en italiano, a subir al *Cappellini*. El hombre entiende, porque abandona el bote, donde reina un silencio extraño, y sube a bordo. Aunque no es militar, no puede dejar de ver que Todaro lo trata con una cortesía exquisita, porque le pide que suba a bordo saltándose el protocolo, pero no da la menor muestra de agradecimiento. Todaro me ordena que los conduzca, a él y al joven, a la sala de oficiales y se va, pasa por entre los cuatro hombres a los que ha salvado de la muerte, pasa junto al cuerpo sin vida de Stiepovich, que sigue allí en el cañón, ordena a dos marineros que lo lleven dentro y desaparece por la escotilla.

Yo les pido a Bastino y a Cardillo que me ayuden

a cumplir la orden. Contentos de apartarse de los dos negros a los que acaban de subir a cubierta, cogen del brazo al joven oficial y lo conducen a la escotilla. Este no es como su comandante: pese al estado lamentable en el que se halla, tiene una expresión entusiasta que conmueve. Pienso: he aquí un hombre que sabe lo que vale la vida. Le indico al comandante belga que me preceda, pero no lo toco. Él echa a caminar, pasa junto a sus cuatro marineros medio congelados sin dignarse mirarlos, pasa junto a los marineros que están cogiendo el cuerpo de Stiepovich y ni los ve. Bajamos.

04:15 horas

Estamos en la sala de oficiales, Todaro y Fraternale se han sentado a un lado y el comandante belga y Reclercq, envueltos en sendas mantas militares, al otro. Yo estoy de pie detrás de estos. El joven no me preocupa, pero el otro sí. Tengo la mano metida en el bolsillo del chaleco y empuño el puñal que Todaro nos dio cuando embarcamos. Nunca se sabe.

Todaro sirve dos vasos de coñac y se los ofrece a los belgas. Reclercq da las gracias y bebe despacio, saboreando ese licor como lo que es, un verdadero elixir de vida. El otro, en cambio, apura el vaso y no dice nada. Todaro le pide al joven que traduzca y le pregunta al comandante:

—¿Cómo se llama?

El belga contesta antes de que le traduzcan:

—Vogels.

O sea, que entiende el italiano: solo ha dicho una palabra y ya se ve que miente... Todaro sigue mirándolo:

—Las embarcaciones con pabellón neutral deben navegar con luces. ¿Por qué navegaban ustedes a oscuras?

Reclercq traduce y suena algo parecido a esto:

—*Dringue drangue dringuete dranguete bliven blaven blund.*

El comandante belga responde de nuevo con una palabra:

—Avería.

Todaro asiente.

—Ya. ¿Y por qué nos han disparado?

El joven traduce, el comandante belga contesta con otra palabra:

—Guerra.

—¿Y qué transportaban? —Esta es la pregunta más importante, porque es la clave. Reclercq traduce y esta vez Vogels no contesta: le sostiene la mirada a Todaro sin decir nada. Todaro y Fraternale se miran: el mutismo del belga da claramente a entender que el buque que hemos hundido no era neutral.

—Muy bien —zanja Todaro—, lo urgente ahora es salvar a esa gente. ¿Cuántos botes han echado al mar?

Traducción. Respuesta:

–Dos.

Todaro aprueba de nuevo, mira a Fraternale, mira a Reclercq, me mira a mí.

–A esta hora, los de esos botes estarán seguramente muertos –dice.

6:00 horas

Todaro, Reclerq y Vogels se acercan al bote. Los náufragos a los que hemos sacado del agua, envueltos en una manta, están subiendo y acomodándose en la embarcación como buenamente pueden. Todaro le pregunta a Vogels y a Reclercq:

–Son ustedes conscientes de que no puedo llevarles a bordo, ¿verdad?

Reclercq traduce. Son conscientes.

Giggino y Vincenzo el Pobre están repartiendo carne en lata, leche condensada y galletas a los marineros del bote. A través de Reclercq, que traduce, Todaro sigue preguntándole a Vogels:

–¿Tienen mapas, brújula y compás? –Los tienen–. Les doy comida y agua. Estamos a treinta y un grados ochenta minutos latitud norte, treinta y un grados, treinta minutos longitud oeste. ¿Adónde quieren ir? –A Madeira.

Con expresión sombría, Todaro escruta el horizonte brumoso y sé lo que piensa, lo mismo que yo: que el convoy inglés que los escoltaba los ha abandonado y no volverá a rescatarlos. Madeira está como poco a seiscientas millas. El mar, esa viuda caprichosa, ha cambiado nuevamente de humor y empieza a agitarse, y sopla una brisa gélida que no sabemos de dónde viene. Todaro y yo miramos la hora al mismo tiempo: son las seis de la mañana. A estas alturas lo hacemos todo a la vez y de nuevo estoy seguro de que pensamos en lo mismo o, mejor dicho, en este caso, en lo que no queremos ni pensar: la suerte que les espera. Y, de pronto, les dice a los belgas una cosa tremenda que me deja boquiabierto:

—Avancen siguiendo el rumbo. Yo voy a por el otro bote y vuelvo a remolcarles. Se lo prometo.

Reclercq, tan sorprendido como yo, se lo traduce a Vogels y, viendo que su comandante se empeña en callar, dice:

—Gracias.

Suben al bote, sueltan amarras y la embarcación se aleja temerosamente.

27. RECLERCQ

... en mitad del Atlántico, en un bote medio desfondado que hace agua, miro a mis compañeros y veo que todos son mucho mayores que yo, el *Kabalo* no era un buque de guerra, era un carguero, sus tripulantes son marineros curtidos, cansados, tristes, que de pronto parecen resignados a morir, que no se parecen en nada a esos jóvenes italianos del submarino que nos ha rescatado, jóvenes como poseídos de furor, como ese absurdo comandante, joven también, que iba en pantalones cortos y llevaba un aparato que le asomaba por la camisa, le pregunto a Vogels qué piensa de él y me contesta con un bufido, no me gustan las personas que se dejan crecer la barba, dice en flamenco, e iba descalzo, digo yo, y en calzoncillos, dice él, sí, en calzoncillos, digo yo, y mientras hablamos sorbemos esta leche condensada que se llama Charleroi, como mi ciudad, y al final nos callamos, temblando, nos callamos y nos pegamos uno a otro, Vogels es un buen lobo de mar pero es un poco bruto, es de Ostende, no sabe levantarles la moral a sus hombres, ni siquiera lo intenta, pero yo sí que lo intento, ¡joder!, intento que se rían, que se animen, en Charleroi, les cuento, en francés, cuando yo era pequeño, había un lechero que tenía una hija con unas tetas enormes, así de gordas, un primo mío me decía que la leche que su padre vendía la producía ella y yo me lo creía, pero nadie me escucha, están todos como paralizados, como si la brizna de vida a la que se aferran fuera a quebrarse de pronto, y solo uno me contesta, Caudron, un hombracho con los ojos saltones y una vena que se le marca mucho en la frente, me contesta con desprecio, en flamenco, no nos cuentes cuentos, Reclercq, esos fascistas no vendrán por nosotros, ¿y tú cómo lo sabes?, le pregunto yo, lo sé porque son unos fascistas de mierda, dice él, y entonces ¿por qué no nos han dejado tirados en el mar?, le digo yo, ¿por qué nos han socorrido y nos han dicho lo que nos han dicho?, pero él no me escucha, ¿tú te crees lo que dicen los fascistas, Reclercq?, dice, lo repite y se levanta sin esperar mi respuesta, airado, y se abre paso por entre el muro de carne que ocupa el bote, pasa a través de él como si fuera el telón de un teatro y se dirige a la otra punta, a la de popa, y a todo esto empieza a clarear y poco a poco va haciéndose de día, y yo me dirijo de nuevo a Vogels, quiero provocarlo, los ingleses se han largado, digo, transportábamos aviones suyos, nos hunden por su culpa y ellos nos dejan tirados, digo, no les importamos nada, pero Vogels ni se vuelve, frunce levemente el ceño y esa es la única reacción que tiene, pero yo insisto, en el puerto, digo, antes de zarpar, oí que decían que íbamos a entrar en la guerra como aliados de los ingleses, y yo espero que sea verdad, digo, porque si no, ¿a cuento de qué íbamos a transportar aviones ingleses?, y esta vez Vogels sí responde, se vuelve, me mira, veo las arrugas de su cara que parecen un mapa, sus ojos penetrantes, el moco que le cuelga de la nariz, y dice se acabó, Reclercq, ve a hacerte una última paja pensando en la hija del lechero y despídete, pero yo me niego a claudicar, le digo que sí creo en el comandante italiano que iba en calzoncillos, que creo que volverá por nosotros, y él levanta un poco la ceja, y yo insisto, lo he mirado a los ojos, digo, y sé que no es como los demás, y él responde que eso seguro, y ya es mediodía, o quizá no, quizá aún es temprano, o quizá ya es por la tarde, no lo sé, no hay sol, todo es gris, el mar y el cielo son una única masa de color de plomo, fría, salina, y yo no quiero darme por vencido y se me ocurre otra cosa: empiezo a pasar revista como si estuviéramos en la escuela, para demostrarles a los que no están muertos que aún están vivos, para demostrármelo a mí mismo, Hendry, Dost, Lammens, Van Der Brempt, Rits, Caudron, Heynen, Dessoleil, Mbamba, Von Wettern..., porque no me acuerdo del nombre de todos y además casi nadie contesta, de lo que cabría deducir que casi todos están muertos, pero no, están vivos, los veo, están aquí, delante de mí, pegados unos a otros como pingüinos, es solo que no me escuchan, no me oyen siquiera, Dost está arrojando al mar la última caja vacía de galletas, al viejo Van der Brempt no le queda agua en la cantimplora, Hendry se persigna y reza, Rits se ha orinado encima, se nota porque huele, y solo Lammens y Mbamba me siguen la corriente y contestan presente, solo ellos dos, y luego están los que no responden porque subieron en el otro bote y no se sabe qué habrá sido de ellos, veo un recipiente de leche condensada que se hunde lentamente en el océano y me digo: es tan fácil pensar que les ha pasado lo mismo, que nos pasará lo mismo a nosotros, es tan inevitable...

28. POMA

Los pasamontañas me pican y nunca me pongo, pero ahora soy el único que lo lleva. Todos sabemos por qué lo llevo: porque estoy aquí, de pie en cubierta, y el teniente Stiepovich está muerto y envuelto en una bandera. Ha muerto en el puesto que yo debía ocupar. El comandante sabe cómo me siento y, cuando le pregunto si puedo ayudar al jefe de tiro a deslizar el cadáver al mar, no me dice no, Poma, tú no, que tienes la mano rota; me dice que sí y me abraza como abrazaba al teniente. Y ahora acompaña la ceremonia con unas palabras.

—Para los submarinistas no hay lápidas con inscripciones ni cruces hechas por el hombre. A Danilo Stiepovich, teniente de navío, italiano, muerto como un héroe, le ofrecemos nuestro llanto interior y una cruz de coral, de ese mismo coral que cogía otro héroe, Vincenzo Stumpo, operador de motores y coralero de Torre del Greco, al que saludamos emocionados.

El comandante saluda al estilo militar y nosotros hacemos lo propio. En el silencio que reina, solo se oye el mar, que suena como si diera bofetadas; el jefe de tiro y yo levantamos el cuerpo envuelto en la bandera italiana y lo mantenemos un momento en alto, como si lo ofrendáramos a Dios. Las fuerzas no me faltan, pero la mano rota me duele terriblemente; no me importa, porque así puedo llorar todo lo que quiera.

Le toca ahora al oficial segundo, que es, conmigo, el más creyente de la tripulación, leer la *Oración del marinero*, «escrita por Antonio Fogazzaro», dice, que, aunque no sé quién es, porque no pasé de quinto, seguro que también fue un gran hombre.

–Hacia ti, ¡oh grande y eterno Dios!, Señor del cielo y del abismo, a quien obedecen los vientos y las olas, nosotros, hombres de mar y de guerra, marinos de Italia, desde este santo buque armado de la patria, elevamos nuestros corazones. Salva y exalta, en tu fe, ¡oh, gran Dios!, a nuestra nación, da justa gloria y poderío a nuestra bandera, manda que la tempestad y los vientos la sirvan, infunde en el enemigo su terror, haz que la ciñan siempre como defensa pechos de acero, más fuertes que el acero que acoraza este buque, y dale por siempre la victoria. Bendice, ¡oh, Señor!, nuestros hogares lejanos, a nuestros seres queridos. Bendice al caer la noche el reposo del pueblo y bendícenos a nosotros, que por él velamos en armas sobre el mar. ¡Bendícenos!

El jefe de tiro y yo dejamos que el cuerpo del teniente Stiepovich se deslice lentamente y caiga al mar; al dejar que caiga así, lentamente, la mano me duele más, pero no importa, porque todos saben por qué lloro y sollozo realmente.

Giggino, el cocinero, arroja al mar el violín del teniente Stiepovich.

El cuerpo se hunde enseguida, pero el violín tarda un poco, porque primero tiene que llenarse de agua. En la superficie del mar, llevada por las olas como si fuera un simple palo, queda la vara con la que se toca el instrumento, esa vara hecha de pelo de caballo que no sé cómo se llama.

29. RECLERCQ

... pues no, no nos pasará lo mismo, porque de pronto, en medio del silencio del océano, se oye un ruido a barlovento, un ruido más y más fuerte, y vemos asomar el morro del submarino italiano, que viene por estribor, en medio del estruendo ensordecedor de los motores, que de pronto cesa, y entonces el submarino se acerca en silencio y los marineros italianos nos echan cuerdas, y el comandante ese, de pie en la proa, me dice, megáfono en mano:

—Teniente Reclercq, traduzca a sus compatriotas lo que voy a decir. —Yo me pongo en pie—. A los náufragos que iban en el otro bote los rescató anoche un vapor con pabellón panameño —dice, y yo traduzco—. No hay más embarcaciones en la zona —dice, y yo traduzco—. Aten bien las cuerdas al bote porque vamos a remolcarles hasta la isla Santa María, en las Azores, sean fuertes y todo saldrá bien —dice, y yo traduzco, y mis compañeros lo celebran, no se creen la suerte que tienen, ven que pueden sobrevivir y se animan, atan las cuerdas a los amarraderos del bote. En treinta segundos, ese hombre nos ha dado más esperanzas que nuestro comandante en doce horas, dijo que volvería por nosotros y ha vuelto, en medio del Atlántico, y el submarino arranca y nos remolca, navega a ras de agua y nosotros lo seguimos, atados a él, el mar azota ambas embarcaciones y el submarino resiste, pero nuestro bote parece que vaya a partirse de un momento a otro, tragamos agua de mar, tosemos y achicamos el agua, pero seguimos vivos, y así empieza otra noche negra, fría, gris, opaca.

De repente, un amarradero, después de horas sometido a la tensión del remolque, se rompe, la cuerda salta, azota a Heynen en la cara y cae al agua, y Vogels y yo nos miramos porque sabemos lo que va a ocurrir: en efecto, en unos pocos segundos, por la sobrecarga producida en los demás amarraderos, estos se rompen también, todos seguidos, las cuerdas azotan a otros en la cara y caen al mar, empezamos a dar gritos que solo nosotros oímos y el submarino sigue adelante, está ya muy lejos, es ya un ruido que se desvanece, dejamos de verlo y nos miramos desconcertados unos a otros, como esperando una revelación, un milagro... Caudron me fulmina con la mirada y dice, lleno de rabia:

—Va a pasarnos lo que a los amarraderos: en cuanto uno muera, le seguiremos todos. —Me lo dice a mí, como si yo tuviera la culpa.

Pasa tiempo, mucho tiempo, y Vogels, que lleva horas sin hablar, de pronto me dice:

—¿Aún crees en el italiano que iba en calzoncillos? —Me lo pregunta también con rabia, como si yo tuviera la culpa, pero por creer no se tiene culpa de nada y le contesto:

—Sí. Lo miré a la cara y creo en él. No me eches a mí la culpa.

Creer es como rezar, y en este caso es una plegaria atendida porque de repente volvemos a oír ruido y vemos que es el submarino, la salvación que vuelve por nosotros, y si antes tenía la culpa, ahora tengo el mérito de haber creído, se acerca, nos arroja otras cuerdas, que, como los amarraderos del bote se han roto, atamos a los asientos, al tambucho de popa, a los escálamos, y partimos detrás del submarino, y ahora Caudron evita mirarme y Vogels guarda silencio, pero el bote da bandazos, está mal atado, hace agua, se escora, y así amanece, vuelve a ser de día, y nadie sabe cuánto tiempo ha pasado, y la pobre madera gime con cada ola, llora con cada tirón que dan las cuerdas, la pobre madera cansada que no puede salvarnos y de pronto se descompone, no es que se parta, más bien se deshace, se hace pedazos, pedazos que caen al agua con las cuerdas, y los italianos se alejan, desaparecen de nuevo en la niebla, y nosotros nos vemos otra vez solos en medio del océano, y ya no hay esperanzas, los italianos no pueden subirnos a bordo y nosotros no podemos seguir navegando, así que se acabó, hemos resistido, hemos creído, pero se acabó, ya nadie tiene fuerzas para seguir resistiendo, para reaccionar, ni siquiera yo, somos estatuas de sal, almas en pena, en este abismo de agua que ya nos conoce y nos llama por nuestro nombre, pasa revista, Hendry, Dost, Lammens, Van Der Brempt, Rits, Vogels, Reclerq, y todos contestamos presente, sin voz, sin respiración, hemos resistido, pero ahora debemos resignarnos, aceptar la muerte, que incluso deseamos, porque será un alivio, cerraremos los ojos y dejaremos de sufrir, y moriremos aquí, sin saber dónde, sin una tumba, sin una lápida, y los peces roerán nuestros tristes huesos, y no nos convertiremos en polvo, como está escrito, más bien nos disolveremos como esta madera...

Pero no.

Entre las olas que ya nos tragan asoma de nuevo el morro del submarino italiano en cuya cubierta, de pie, va su capitán. Este titán ha decidido llevarnos consigo. Lo prometió y lo cumple. Su barco parece una aguja, ¿dónde tendrá el valor de meternos?

30. TODARO

Atención, os habla el comandante. Escuchadme bien. En esta ocasión no me dirijo al militar, sino al hombre, y no a cualquier hombre, sino al hombre de mar. Sé que muchos de vosotros no estáis preparados: bien está cañonearnos en superficie, arriesgar la vida combatiendo al enemigo, para este sacrificio nos alistamos, ¿no? Pero, ¿por qué exponernos a que nos vean los aviones enemigos por salvar a unos desconocidos que, con el pretexto de la neutralidad, seguramente transportaban material bélico?

Y no se trata solo de rescatarlos, sino de sacrificarnos y hacer lo humanamente posible por llevarlos a tierra. Ruego al teniente Reclercq que traduzca lo que estoy diciendo: todos debemos ser conscientes de la situación.

Nos hallamos a trescientas diez millas de la isla Santa María de las Azores, que es el puerto seguro más cercano, y allí nos dirigimos para desembarcar a los náufragos, como mandan los cánones de la navegación. Como llevamos sobrecarga, no podremos navegar a más de seis o siete nudos, lo que significa que tendremos que convivir en estas condiciones unas cuarenta y ocho horas. Quiero dejar bien clara una cosa: haber subido a bordo a los náufragos del *Kabalo* significa que he incumplido las órdenes que me han sido dadas, soy plenamente consciente de ello y asumo toda la responsabilidad. Si cuando regresemos a casa mi decisión es reprobada, que me releven del mando; pero aquí y ahora esta decisión está tomada y no voy a cambiarla. Hundimos el acero enemigo, sin miedo ni piedad, ¡pero salvamos al hombre! Cabo mayor Magnifico, si puedes moverte entre tanto cuerpo, reparte un vasito de coñac a quien más lo necesite, por favor.

Estos dos días haremos lo siguiente: los tres heridos permanecerán en la sala de oficiales, donde ya han sido alojados. Tres de nosotros se turnarán para atenderlos.

Yo compartiré mi camarote con el comandante Vogels y el capitán Fraternale compartirá el suyo con el teniente Reclercq.

A unos los alojaremos en la sala de suboficiales y los demás se alternarán en la misma litera, pero, pese a estas cortesías de nuestra parte —espero que esté traduciendo, teniente Reclerq—, el mayor esfuerzo tendrán que hacerlo nuestros huéspedes.

Seis de ellos podrán estar, aunque muy incómodos, en la sala de cuerdas...

Otros tres, aunque estén aún más incómodos, podrán meterse en el baño de reserva, que está averiado...

Otros cinco podrán ir en la cocina, de pie, claro.

Y todos los demás tendrán que ir en la torreta, porque dentro del submarino no queda más espacio. La torreta es horrible y se llena de agua incluso cuando navegamos en superficie.

Con la ayuda del comandante Vogels, organizaremos turnos cada tres horas para que el sacrificio se reparta equitativamente. Y que quede claro que, en caso de ataque enemigo, tendremos que sumergirnos para proteger a la tripulación. Si esta circunstancia se verifica, los que vayan en la torreta no tendrán posibilidad alguna de salvarse.

Quiero concluir con unas palabras que no son mías, sino del emperador de Japón, Mutsuhito.

Las pronunció al comienzo de la guerra rusojaponesa de 1904: «Que la vida siga normalmente. Que cada cual cumpla con su deber».

Los japoneses ganaron aquella guerra fácilmente. Es todo.

31. MARCON

17 de octubre de 1940
12:00 horas
A 280 millas de Santa María de las Azores

El olor aquí dentro ha cambiado. Ahora vamos setenta y cinco hombres. Huele a carnicería, a sal, a sudor. El olor a grasa es menos intenso.

Vogels descansa en la litera de Todaro, Reclercq en la de Fraternale. Giggino y Vincenzo el Pobre lavan los platos moviéndose apenas por la cocina llena de gente.

Siempre hay cola para usar el único váter que funciona.

Los pobres de la torreta van empapados del agua que salpica.

Nos turnamos en los puestos.

El submarino corta las olas del Atlántico bajo un cielo plomizo.

17 de octubre de 1940
21:00 horas
A 220 millas de Santa María de las Azores

Giggino cocina y fuera cae otra vez la noche. Hay olas grandes y feas. Todaro está tranquilo. Ahora mismo habla con el teniente Reclercq, lo oigo todo a través del mamparo.

–¿Cómo es que habla italiano tan bien?

–Estudié humanidades, sé griego antiguo, latín e italiano.

–¿De verdad sabe griego antiguo?

–Soy uno de los siete virtuosos belgas, traduzco esa lengua sin necesidad de diccionario.

–¡Caramba! ¿Y qué hace usted embarcándose?

–Es una larga historia...

«Uno de los siete virtuosos belgas»... ¿Qué querrá decir? Todaro le ofrece un cigarrillo, se van.

18 de octubre de 1940
01:15 horas
A 190 millas de Santa María de las Azores

Descanso un rato en una litera de la sala de suboficiales. Anoche no dormí ni he dormido hoy en todo el día, me preocupan mucho los muchachos, que están confundidos e inquietos. Todaro ve en ellos una amplitud de miras que muchos no tienen. Compartir el poco espacio vital del que disponemos con los enemigos, tratarlos como a iguales, incluso con toda la consideración que merecen los náufragos, es algo para lo que no estaban preparados y tienen los nervios a flor de piel porque para ellos son enemigos: dispararon contra nosotros, mataron a Stiepovich. Pese a lo que ha dicho Salvatore por el interfono, muchos no comprenden que deban sacrificarse por salvarlos.

18 de octubre de 1940
06:00 horas
A 165 millas de Santa María de las Azores

Vogels come. Un náufrago vomita. Hacer cola para usar el váter es un infierno. No queda coñac. Mire uno adonde mire, ve cuerpos encima de otros cuerpos. No solo ya no se sabe cuáles son de italianos y cuáles de belgas, sino que tampoco se sabe dónde empieza uno y acaba otro. Las fiambreras del rancho pasan de mano en mano. El día y la noche se confunden. Los marineros, agotados, duermen de pie, como los caballos, o sentados en la taza del retrete averiado, o apoyados en los compañeros. Los náufragos que se hacinan en la sala de cuerdas sudan y jadean, el *Cappellini* vive con una sola respiración enferma. Seguimos navegando en superficie, visibles, indefensos. Todos estamos alerta, los vigías escrutan el cielo, Minniti escucha el hidrófono, Schiassi la radio, todos pensamos lo mismo: si los ingleses nos ven y no nos da tiempo a sumergirnos, nos hunden sin remedio. Pero no podemos sumergirnos porque llevamos náufragos en la torreta.

Todaro está en su camarote, con el torso desnudo, con el aparato que brilla, sentado en posición de yoga, con los ojos cerrados. Es el único que parece sereno.

32. CAUDRON

Yo me siento fuerte, pese a todo, audaz, rebelde, en medio de esta masa de cuerpos exhaustos. Salvo cuando hablan, es imposible distinguir a italianos y belgas. Pero yo odio a los italianos. Odio a los fascistas y los italianos son fascistas. Aquí donde me han metido, en este retrete averiado, hacinados como animales, miro a una persona que conozco, la interrogo, la incito. Es Von Wettern, que también odia a muerte a los fascistas, porque su mujer es judía.

—A estos fascistas hijos de puta hay que darles su merecido —digo, sin preocuparme de que los italianos me oigan, porque no me entienden, son cachos de carne sordos a nuestro idioma.

Von Wettern es más alto que yo, tiene unas manos que parecen palas.

—A estos fascistas de mierda yo los desnuco como si nada —dice—. Son unos degenerados y unos blandos.

—Unos fascistas hijos de la gran puta —replico, aunque noto que empiezan a entender algo, porque la palabra «fascista» se reconoce en cualquier lengua.

Los dos italianos que tenemos al lado, pegadísimos a nosotros, nos miran de una manera rara, empiezan a sospechar. No hay tiempo que perder, hay que actuar. Animo a Von Wettern gritándole:

—¡A popa! ¡Al generador!

Y me abalanzo sobre el muro de carne, me abro paso por él, lo atravieso a cabezazos. Los fascistas no se lo esperan, no entienden, no reaccionan.

Von Wettern es como una máquina: revienta narices, parte cuellos.

33. CESARI

No lo entiendo, la verdad, no me lo explico, será que estamos muy cansados, porque no sé cómo han podido llegar hasta aquí estos dos energúmenos.

Nadie los para, y también nosotros, los que estamos aquí, Negri, Felici, Zuccaro y yo, tardamos un montón en hacer algo cuando vemos a los dos extranjeros que entran corriendo como locos y empiezan a arrancar cables del generador. La sala está repleta de cosas. Es el corazón del submarino, si pasa algo aquí, no hay remedio, nos hundimos. Sacamos los puñales y se los ponemos en la cara. Ellos se asustan y se quedan quietos. ¿Conque tenéis miedo, capullos? ¿Por qué no nos agradecéis que os hayamos salvado la vida? Somos cuatro, más que ellos, y, aunque se resisten, nosotros vamos armados. Son nuestros, pero Zuccaro y Felici están sangrando por la nariz; yo soy un demente, de veras, soy de Rímini y en Rímini todos saben que soy un demente, pero me porto bien y llamo a los oficiales, llamo al comandante, como es debido. Este acude enseguida, con el timonel primero, el oficial segundo y Mancini, que es nuestro superior. Vienen más oficiales, uno tras otro, como en procesión, pero no caben en la sala. Mulargia, el artillero, se cuela entre todos, él sí cabe, es menudito. Felici y yo les tenemos puesto el puñal en la garganta a estos dos cabrones y Negri y Zuccaro los sujetan contra el generador. Al final dejan de forcejear, mejor para ellos, porque si no, les meto un navajazo y me importa un huevo que esté delante el comandante. Uno de ellos, el que lleva el pelo cortado a cepillo, mira al comandante y le grita no sé qué, algo de «fascista». Seguro que el comandante le parte la cara, pienso, pero no, no hace caso y me pregunta:

—¿Han causado daños serios?

Le contesto que han arrancado varios cables, pero que aún no sé cuánto daño han hecho. El comandante escucha, tranquilo, pero de pronto le suelta un codazo en la tripa a uno de los cabrones. Mulargia, puñal en mano, pregunta si hacemos lo que todos queremos hacer:

—¿Los tiramos al mar, mi comandante?

El comandante levanta la mano como para pedirnos que estemos tranquilos... ¡Pero no, es para darle un bofetón!

34. TODARO

Queridísima Rina, hoy he tenido piedad. Después de Stumpo y Stiepovich, no quería arrojar más cuerpos al mar y a los dos belgas que se han rebelado, en lugar de tratarlos como merecen los amotinados, los he castigado como castiga un padre. A uno le he dado una bofetada tan fuerte que ha caído al suelo, y luego, con el dorso de la mano, le he dado otra al otro, el más recio, que no ha caído. Pero por fuerte que les haya pegado, es poco, comparado con lo que merecían.

Sé, Rina mía, que parte de la tripulación no aprueba mi decisión de salvar a los náufragos y les tiene rabia, incluso odio; y voy y desaprovecho la ocasión de ganarme de nuevo la confianza de mis hombres arrojando a estos dos desgraciados al mar del que los rescatamos. Pero los he mirado a los ojos, Rina mía, y he visto el dolor de la locura. He tenido piedad.

He hecho venir a los dos oficiales del *Kabalo*, le he pedido al joven que les tradujera al otro oficial y a los demás belgas que se hacinan con mis marineros lo que yo iba a decir y les he ordenado a todos, italianos y belgas, que propinasen una bofetada a esas dos escorias que pusieron en peligro la vida de todos. No los arrojamos al mar, he dicho, pero los corremos a bofetadas, el castigo de los padres. Que reciban tantas bofetadas, he dicho, que, comparado con eso, el naufragio mismo les parezca poca cosa. Pero por mucho énfasis que he puesto en mis palabras, querida Rina, mi piedad era evidente y mis guerreros así lo han entendido, de manera que los descontentos han seguido estando descontentos.

Eso por lo que a las palabras respecta. Luego están los hechos, mi querida Rina, y por ellos espero haber recuperado parte de su confianza.

Al primero que he invitado a ejecutar mi orden ha sido el comandante del *Kabalo*, un hombre rudo y de pocas palabras, exactamente como uno se imagina que debe ser el capitán de un mercante belga, lo contrario de su segundo, que es un muchacho amable, educado y locuaz. El comandante se llama Vogels y me ha sido de gran ayuda, porque no ha tenido piedad alguna con sus hombres. Sin dudarlo, se ha acercado al primero y le ha soltado una bofetada fortísima, y luego ha hecho lo mismo con el otro, pero entonces ha vuelto a abofetear al primero y luego otra vez al segundo, mientras mascullaba, con lo callado que es, palabras llenas de rabia en lengua flamenca. El joven teniente me las traducía: «¡Tres veces!», decía. «¡Tres veces han acudido estos hombres a nuestro rescate!». Parecía fuera de sí, pero no: después de darles la tercera bofetada, ha parado y les ha dejado a los demás.

Una tras otra, como si fuera un ritual, han ido cayendo bofetadas sobre esas caras, que quedaban más y más marcadas, y así, con sangre, han expiado esos dos hombres su infame comportamiento. Y en realidad era un ritual, querida Rina, porque el hecho de que todos derramaran esa sangre, que era mi piedad, la convertía en la piedad de todos. Y, así, el acto inhumano que no se cumplió cuando lo mandaba una orden, tampoco se ha cumplido cuando estos dos renegados se lo merecían.

35. MARCON

18 de octubre de 1940
08:30 horas
A 150 millas de Santa María de las Azores

Todaro escribe en el cuaderno de bitácora. Yo estoy a su lado, en su camarote. Hace anotaciones concisas y no menciona el motín. Es la primera vez en los últimos dos días que estamos solos y una puerta cerrada nos separa de la leonera en la que se ha convertido el submarino. Aprovecho para hablar con él, porque estoy preocupado, pero lo hago en dialecto, porque ahí fuera hay gente pegada al mamparo y a través de estas finas paredes de acero se oye todo.

–No estás contando lo más importante, Salvatore –le digo en dialecto.

–Haz el bien y no mires a quién –contesta en italiano.

—Sí, pero los muchachos están rabiosos —replico yo—. Están haciendo un gran sacrificio y estos cabrones intentan matarnos.

Todaro levanta la vista del cuaderno y me mira.

—No todos, Vittorio. Dos cabrones. Dos cabrones psicópatas. Ya has visto con qué ganas les ha pegado su comandante y, cuando los hemos llevado a la torreta, corridos a bofetadas, con qué desprecio los miraban los compañeros que les dejaban el sitio.

Sigue hablando en italiano porque está claro que no le importa que nos oigan los de fuera, puede que incluso lo desee. Pero yo continúo en veneciano:

—O sea, ¿que quieres seguir adelante con esta locura, pese a lo ocurrido?

—Sí —contesta, terminante—. Voy a desembarcar a los náufragos en el puerto seguro más cercano.

Habla con la calma de siempre, como si no supiera cuál es el problema o no se lo planteara.

—¿Y si nos encontramos con los ingleses? Si nos topamos con ellos, ¿vas a seguir navegando en superficie?

—Sí, porque, si nos sumergimos, los de la torreta se ahogarán como ratas y este submarino será un cementerio.

—Pero si no nos sumergimos, nos hundirán.

—No lo harán.

No hay manera de hacerle entrar en razón. Me acaricia con calma las cicatrices del rostro y me dice, esta vez en dialecto:

—Confía en mí.

Yo hablo en dialecto por precaución, él para mostrarme su afecto, esa es la diferencia. De pronto me hace señas de que me calle, se acerca con sigilo a la puerta y la abre bruscamente. Sorprendemos escuchando a Mulargia. Tiene una expresión rara, la cara congestionada. Todaro no se enfada, sonríe y le dice:

—Confiad todos en mí.

36. MULARGIA

Escuchar, escuchaba, pero iba a otra cosa, no a escuchar. Lo que pasa es que, antes de llamar a la puerta, no puedo evitar oír lo que se dicen el comandante y el timonel jefe, que son muy amigos. Mejor dicho, lo que dice el comandante, porque Marcon habla en dialecto y yo no lo entiendo. Estoy con el oído pegado a la puerta unos dos minutos, pero, como hay tanta gente aquí fuera, nadie se da cuenta. No caigo en que el comandante es como el mago Baku y me pilla. Pero no me abronca y, como si nada hubiera pasado, le digo:

–¿Puede venir un momento, mi comandante?

Aún no me atrevo a llamarlo de tú. Cuando me acuerdo de que tengo ese privilegio, ya es demasiado tarde y lo he llamado de usted. No me pregunta qué quiero, dice que sí con la cabeza y echamos a caminar, yo delante, él detrás, atravesamos la muchedumbre que llena todos los espacios del *Cappellini*, subimos la escalera y salimos a cubierta. Acaba de amanecer y hace frío.

—¿Qué pasa? —me pregunta.

Por la escotilla aparece el timonel y yo preferiría que no estuviera.

—Dicen los vigías que han visto buques ingleses a proa —le contesto.

—¿Están seguros de que son ingleses? —me pregunta el comandante—. ¿Los has visto tú?

Le contesto que no, que no los he visto, que solo me han dicho que fuera a avisarlo y que he querido hacerlo discretamente, porque tengo una idea que querría someter a su... Pero el comandante no me escucha, corre a la escalera, sube a la torreta, que los náufragos y los dos vigías, Morandi y Siragusa, ocupan por completo. Seguirlo es un problema: el timonel renuncia, pero yo consigo introducirme y paso rozando la cara hinchada de los amotinados a los que hemos abofeteado: les salvamos la vida, razón por la que este espacio ahora es inhabitable.

El comandante se acerca a Morandi. Por la tronera, el vigía le señala un punto en el horizonte que yo no alcanzo a ver. El comandante mira por los prismáticos.

—Son ingleses, ¿verdad? —pregunta Morandi.

En ese momento, uno de los buques lanza un cañonazo. Está muy lejos todavía y el tiro se pierde a medio camino.

—Son ingleses —dice el comandante y se escabulle. De nuevo nos frotamos contra los cuerpos de los dos rebeldes, cubiertos de sangre, mocos y sudor, de nuevo los fulminamos con la mirada. Llegamos a cubierta y veo que el timonel se ha ido. Sin pensármelo dos veces, le echo la mano al hombro al comandante y lo detengo. Quiero exponerle mi idea, aunque sé que no es el mejor momento, pero un segundo cañonazo, que esta vez explota más cerca, nos dice que no hay tiempo que perder.

—Escúcheme, mi comandante —le digo—. Si los belgas de la torreta mueren, se acaba el problema, ¿no? Podemos sumergirnos. —Me mira extrañado, no entiende—. Los muertos no se ahogan —añado, y para ser más claro hago con el dedo gordo el gesto del degüello.

Error.

Me mira horrorizado. No tendría que habérselo dicho así, ¡maldito de mí!, tendría que habérselo explicado con calma, hacerle ver que mi idea era menos terrible de lo que parece, sin duda mucho menos terrible que la posibilidad de que hundan a cañonazos un submarino con setenta y cinco hombres a bordo. Pero tengo miedo, se lo he dicho de una manera que hasta a mí me ha parecido atroz y él ni me contesta: se vuelve y baja por la escotilla. Y, sin embargo, es la única solución...

37. MARCON

18 de octubre de 1940
09:40 horas

Todaro reaparece en el puente de mando. Ya sabemos todos que tenemos delante un convoy inglés. Los cañonazos se oyen fortísimo, pero él está tranquilo, impertérrito. Viene también Mulargia, que desde hace rato no se separa de él, parece que fuera su ordenanza. Fraternale no sabe qué hacer, no lo sabemos ninguno, pero él es el oficial segundo y le corresponde actuar. Se arma de valor y dice:

–Tenemos que sumergirnos, mi comandante.
–Pero Todaro no hace caso y ordena al timonel que reduzca la velocidad a tres nudos. Fraternale insiste–: ¡Por el amor de Dios, mi comandante, sumerjámonos!

Pero no es capaz de sostenerle la mirada a Todaro cuando este la clava en él.

–No –contesta el comandante, categórico–. Esperemos.

Entonces Fraternale me mira a mí. Y los demás oficiales, Gabrielli, Bursich, Pace, Lesen, hacen lo mismo. Dada la graduación que tienen, esas miradas deberían ser una orden, pero yo, que sé lo que es una orden, que he recibido millones de ellas, sé que no lo son: son ruegos, incluso súplicas. Díselo tú, Marcon, que fuiste herido con él (todos lo creen, aunque no sea verdad) y eres su amigo, y entras y sales de su camarote, y le hablas en dialecto, que nosotros no entendemos, díselo tú, Marcon, te lo suplicamos, no queremos morir. Pero no hace falta que me lo supliquen, porque yo tampoco quiero morir.

–¿Esperar a qué? –protesto, en dialecto–. ¿A que los ingleses nos tengan a tiro? ¿A que nos destrocen? ¡Acabemos con esta gente, Salvatore! ¡Han intentado sabotearnos! ¡Los salvamos y ellos intentan matarnos!

Todaro, aunque impresionado por mi furia, porque estoy dispuesto a plantarle cara y él lo sabe, no cambia ni de lengua ni de idea.

–No. Vamos a decirles que transportamos náufragos. Nos dejarán pasar.

Dicho esto, sale del puente de mando y se abre paso por entre la muchedumbre de cuerpos que se apiñan fuera. Está tranquilo, dueño de sí. Yo corro tras él sin dejar de protestar:

–¡Pero no nos creerán, Salvatore!

–Nos creerán.

—¿Y por qué van a creernos?

Llegamos a la sala de radio, donde está Schiassi, y por fin me habla en dialecto:

—Porque es la verdad.

—¡No, no nos creerán jamás! —replico—. ¡Están disparándonos!

—Nos disparan porque no lo saben. Ahora mismo se lo digo. —Y le dice a Schiassi—: Déjame. —El radiotelegrafista le pasa los auriculares y el micrófono y Todaro empieza a decir por este último—: Les habla el comandante Todaro, del submarino *Cappellini* de la Marina Real italiana. Llevamos a bordo...

Pero yo lo interrumpo —me atrevo a hacerlo porque los cañonazos explotan cada vez más cerca y tengo la impresión de que Todaro se ha vuelto loco— y le grito:

—Pero, ¿qué haces hablando en italiano? —Y señalo a Schiassi—: ¡Déjale a él, que sabe inglés!

Pero Todaro no está loco ni mucho menos, los locos de miedo somos nosotros. Él no está loco y aún tiene la calma, la paciencia y la consideración de contestarme, en lugar de ordenar que me detengan:

—Entienden perfectamente el italiano, Vittorio. ¡Por eso nos comunicamos en dialecto sardo, para que no nos entiendan!

Veo entonces a Mulargia, que nos ha seguido y está aquí al lado, con su venda blanca en la frente. Me mira y sonríe, no sé a cuento de qué, porque los cañonazos ingleses se oyen cada vez más fuerte y no tardarán en alcanzarnos. Todaro sigue diciendo por la radio:

—Al habla el comandante Salvatore Todaro, del submarino *Cappellini* de la Marina Real italiana. Llevamos a bordo a veintiséis náufragos del buque belga *Kabalo*, que hundimos hace tres días a treinta y un grados ochenta minutos latitud norte y treinta y un grados treinta y seis minutos longitud oeste. Pedimos un alto el fuego para poder desembarcar a los náufragos en Santa María de las Azores, adonde prevemos llegar...

Esta vez lo interrumpe Mulargia, que sigue poniendo esa sonrisa absurda que tanto contrasta con la gravedad del momento, y dice:

—Mi comanante, no se preocupe, que yo me encargo.

Todaro lo mira alarmado, y el artillero, abriéndose paso por entre los cuerpos que se apretujan, desaparece.

—¡Mulargia, ¿adónde vas?! —le pregunta. Pero el otro no contesta—. ¡Maldito sea! —impreca—. ¡Parad las máquinas!

Y sale corriendo detrás del artillero, para asombro de todos, mientras su orden es repetida hasta que llega al jefe de máquinas y los motores del *Cappellini* se paran.

38. MULARGIA

Con el puñal entre los dientes, como Kammamuri, subo la escalera y salgo a cubierta. Puedo conseguirlo: soy ágil y corro todo lo que puedo. De abajo, como de dentro de un embudo, me llega la voz del comandante:

–¡Mulargia! ¡Por el amor de Dios!

El mar está otra vez agitado y moja la cubierta. Resbalo, caigo, me doy un golpe en la rodilla, siento una punzada de dolor, permanezco en el suelo unos segundos y, cuando voy a levantarme, noto que una mano me sujeta de la bota.

–¡Mulargia, quieto ahí!

Pese a esa coraza que lo aprisiona, el comandante me da alcance y me inmoviliza sobre la cubierta barrida por las olas. El *Cappellini* ha dejado de avanzar y flota a merced del mar. A lo lejos se ve el resplandor de los cañonazos, pero las bombas explotan cerca, muy cerca de nuestra proa, y levantan grandes columnas de agua. Forcejeo con el cuerpo que me oprime, pero me doy por vencido. Si la persona que tengo encima fuera un enemigo, le clavaría el puñal en el costado, pero es mi comandante, la persona que me dio el puñal cuando embarcamos, y suelto el arma.

–¿Qué ibas a hacer, Mulargia? –me pregunta. Lo dice con una voz tranquila, paternal. No está enfadado–. ¿Eh?, ¿qué ibas a hacer?

–Solo quería ayudar, mi comandante –contesto–. Yo lo entiendo, usted no puede hacerlo, pero yo sí y sé cómo, sé cómo cortarles el cuello sin que sufran. Sé manejar un cuchillo... –Las bombas siguen explotando cada vez más cerca. Ahora parece que el comandante, más que para sujetarme, me abraza para protegerme. Continúo hablando en voz baja, como si rezara–: Y así por lo menos nos salvamos nosotros. Se salva usted, mi comandante, que tiene familia, y además con la conciencia tranquila...

Recortados contra el cielo plomizo, veo una serie de rostros: son Marcon, Cecchini, Leandri, Nucifero... Si el comandante hubiera sido tan lento como ellos, en este momento podríamos sumergirnos tranquilamente.

–Mulargia –me dice el comandante–, ¿no te acuerdas del honor que te concedí? Llámame de tú, no de usted. –Su voz apenas se oye en medio del fragor de las explosiones. Vamos a morir, pero él sigue abrazándome, tendido sobre la cubierta mojada, sujetándome como si fuéramos dos chiquillos que se pelean en un prado y tienen todo el tiempo del mundo–. Nos salvaremos todos –dice y me suelta–, pero tienes que confiar en tu comandante. –Explosiones, columnas de agua que salpican: habla mirando este apocalipsis. Es la mirada de un hombre que está dispuesto a morir–. Vamos dentro.

Y yo voy. Antes no, pero ahora yo también estoy dispuesto a morir.

39. COMANDANTE DEL CONVOY INGLÉS

... este italiano que me habla en italiano y en plena guerra me pide que no le dispare, me pide que interrumpa la guerra, me propone casi un armisticio entre él y yo, aquí y ahora, en medio del océano, contra las órdenes que nos han dado, porque dice que quiere salvarles la vida a veintiséis marineros, a unos hombres cualesquiera, que no son ni de los míos ni de los suyos, que no son ni militares, aunque, eso sí, transportaban dos aviones nuestros, pese a que llevaban pabellón de un país neutral, pero como es cuestión de días que Bélgica entre en guerra a nuestro lado, ni siquiera tengo la excusa de ocultar el apoyo que nos presta, y si no acepto, si continúo disparándole, él puede lanzarnos sus malditos torpedos y causar grandes daños a nuestros buques, matar a no sé cuántos de los nuestros, mientras que si le creo, si en plena guerra me creo lo que dice este italiano que me habla en italiano y acepto la tregua de veinticuatro horas que me propone, y le permito desembarcar en las Azores a los náufragos, como él los llama, no prisioneros ni supervivientes, sino eso, náufragos, sé italiano, leo a Dante, a Petrarca, la poesía de Miguel Ángel, huid, amantes, amor, huid del fuego, dice náufragos y los náufragos son sagrados, si acepto, digo, la tregua que me propone y dejo que pase, si no sacrifico yo tampoco esas veintiséis vidas humanas que él no ha querido sacrificar, si hago esto, no tendré que arrepentirme en el futuro, salvo que, naturalmente, sea un truco, aunque, si lo que quisiera es atacarnos, ¿por qué iba a navegar en superficie, sabiendo que es un blanco fácil para nuestros cañones?, mucho mejor sería que fuera sumergido, saliera de repente y acabara con nosotros como ocurrió con el British Fame, que hundieron aquí en el Atlántico hace dos meses, y con el Khartoum en el mar Rojo hace cuatro meses, y es que estos submarinos que aparecen de pronto son nuestra pesadilla, no, no tendría sentido que navegara en superficie sin aprovechar el factor sorpresa, aquí están todos esperando mi orden, mis oficiales del pelo rapado, mi radiotelegrafista de los cascos en el cuello, y también el italiano ese espera que le diga algo, sin disparar, por cierto, cuando podría hacerlo, estamos a tiro pero él no dispara, el que dispara soy yo, él no está en guerra, solo quiere salvar esas vidas, que es lo más grande que un hombre de mar puede hacer, y para hacerlo tiene que fiarse de mí y se fía, y ahora yo también tengo que fiarme de él y me fío, sí, ¡maldita sea!, yo también dejo de estar en guerra, porque la guerra no puede hacerla uno solo, me fío de ese hombre y ordeno el alto el fuego, y mientras repiten mi orden y los cañones dejan de disparar, sé, con toda la certeza que puede uno sentir en una guerra, sé que no me arrepentiré de dar esta orden, la orden de que el convoy deje pasar a ese loco que me habla en la lengua de los locos y de que toquen las sirenas cuando pase a modo de saludo, porque hoy yo también estoy loco y se suspende la guerra y ese submarino es sagrado.

Cease fire.

40. TODARO

Queridísima Rina, hoy es un día feliz. Hay un heroísmo bárbaro y otro que hace llorar a nuestro ánimo: el soldado que vence nunca es tan grande como cuando se inclina ante el soldado vencido. Hoy, nuestros enemigos y nosotros nos hemos salvado a la vez.

41. GIGGINO

El comandante viene a la cocina con el timonel primero y el oficial segundo de los belgas, el joven ese que habla italiano mejor que yo. No sé cómo han podido venir desde el puente de mando en medio de la jarana que se ha armado en el submarino al ver que los ingleses nos dejaban pasar. Tampoco sé cómo pueden entrar en la cocina, donde estamos como sardinas en banasta, pero aquí están. Yo también estoy contentísimo, porque ya creía que el comandante nos llevaba a la muerte por tener ese hermoso gesto, y en cambio tenía razón. Estoy casi más contento de esto, de que el comandante no se haya equivocado, que de estar vivo. En fin, que vienen y el comandante le pregunta al joven belga cuál es la mejor comida de su país. El otro se queda desconcertado, no se esperaba la pregunta, al pronto no contesta y el comandante se lo repite:

–¿Cuál es la mejor comida de Bélgica?

El joven responde al fin, pero dice una cosa muy rara, que sorprende a todos:

–Las patatas fritas.

Todos los italianos que estamos allí, incluido el comandante, nos echamos a reír.

–¿Las patatas fritas? ¿Lo dice en serio, teniente?

El belga contesta que sí, que es el plato típico de su país, inventado por ellos: las patatas fritas. El comandante me mira y me pregunta si lo sabía, y yo le contesto que no, que no tenía ni idea, y pienso en todos los platos de patatas que sé cocinar: pastel de patatas, croquetas de patatas, patatas asadas, patatas a la cazuela, patatas a lo pobre, patatas al horno, patatas a la panadera, puré de patatas, patatas rellenas, patatas a la brasa, patatas a la parrilla, patatas lionesas; pienso en el plato de patatas fritas por excelencia, la tortilla de patatas, y pienso también, ya de paso, en platos de fritos, como pasta rellena frita, buñuelos de todo tipo, picatostes, melocotones fritos, croquetas de arroz, de pollo, de jamón y queso, calamares a la romana, queso frito, pescadito frito, manzanas fritas, flores de calabaza fritas, hinojo frito, sémola frita, polenta frita, hígado de cerdo frito, sémola frita, tomate frito, pollo frito, cordero frito, conejo frito, chuletas fritas, mollejas fritas, sesos y lomos fritos, alcachofas fritas, zanahorias fritas, calabacines fritos, setas fritas y todo tipo de croquetas, hasta las de patata, pero el belga habla de otra cosa, habla de un invento, y yo veo enseguida que es un invento sencillo y genial, la base de toda la cocina italiana que he estudiado con tanta pasión, y siento que es una vergüenza que no lo hayamos inventado nosotros, los italianos, mejor dicho, que no lo hayamos inventado los napolitanos, que freímos todo lo que pillamos. Sí, es una vergüenza, ¿cómo hemos dejado que lo inventen los belgas? Es como si de pronto viniera un turco y nos dijera: «La pizza la inventé yo». No sé cómo se cocinan estas patatas fritas belgas, pero mi paladar ya me dice que son una delicia. El comandante también ve que son algo grande: quiere que las probemos y me dice que le pregunte al belga cómo se preparan. Lo hago, el belga me contesta que se fríen con manteca de vaca y yo le explico que los italianos llamamos sebo a la manteca de vaca y que no freímos con sebo, sino con manteca de cerdo, que también llamamos saín. A continuación, me muestra cómo cortan las patatas y es otra sorpresa: las cortan en forma de bastones. Me dice que en todas las cocinas de su país hay un instrumento que corta las patatas así, como en las de nuestro país hay un pasapurés, y Vincenzo el Pobre y yo nos ponemos a pelar patatas y a cortarlas en forma de bastones, mientras los demás nos miran, los belgas porque saben lo que van a comer y los italianos porque no lo saben.

Freír no tiene secretos para mí, soy todo un maestro en el arte de rebozar y empanar, pero este invento es distinto, porque los bastones de patata se echan en

161

manteca de cerdo hirviendo tal cual, sin rebozar ni con harina ni con pan rallado, nada. ¿Quién fríe así en Italia?

He aquí un pueblo valiente, pienso mientras cocino, que es capaz de inventar un frito tan humilde. Y he aquí un pueblo con genio, pienso cuando pruebo las patatas, que inventa un frito tan delicioso. Empezamos a servir las patatas y, de repente, se hace ese silencio que imponen las cosas serias: los italianos están pasmados y los belgas como en casa.

No solo el comandante tenía razón, y hacer lo que hay que hacer inspira incluso al enemigo a hacer lo mismo, sino que enseguida nos hemos visto recompensados, pues, de no haber salvado a los belgas, este plato de patatas fritas sencillo, humilde, riquísimo y revelador, se hubiera hundido con ellos y nunca lo habríamos probado, ya que el cabo mayor Giggino Magnifico no ha sido capaz de inventarlo.

42. MARCON

18 de octubre de 1940
16:00 horas
A 85 millas de Santa María de las Azores

El pequeño fregadero de la cocina rebosa de mondaduras de patata. Sobre la mesa hay tres pilas de platos vacíos, cubiertos, vasos. Estas patatas fritas han gustado a todos, estaban buenísimas. Parece mentira que haya que plantarse en medio del océano para descubrir una cosa tan buena y sencilla. Los belgas se han tranquilizado mucho. Giggino se siente inspirado, coge la mandolina de su padre, que siempre lleva consigo, y se arranca a cantar: «*Stai luntano da stu core, a te volo c'o pensiero, niente voglio e niente spero che tu pienz' sulamente a me...*». Todos los italianos nos ponemos a cantar también, incluido Todaro e incluido yo mismo: «*Oi vita, oi vita mia, oi core e chistu*

163

core, sì stato 'o primm'ammore, 'o primm' e l'ultimo sarrai pe' meee...». *

Hay un joven marinero belga, que parece una mujer, sentado en un rincón, quieto, es el único que no participa de la animación general. Staderini está sentado junto a él y le acaricia la rodilla.

22:00 horas
A 45 millas de Santa María de las Azores

Después de cederle su litera al comandante Vogels cuatro horas, durante las cuales cumple como siempre con su deber de comandante, Todaro se retira por fin a descansar. En la puerta del camarote me dice:

–Me tumbo un rato, despiértame dentro de media hora.

Yo estoy avergonzado, hace horas que busco la ocasión de pedirle perdón.

–Salvatore, quería decirte...

Pero él me interrumpe y me acaricia las cicatrices.

–Vale, despiértame dentro de una hora...

Entra y cierra la puerta.

Está solo, no lo ve nadie, pero yo puedo imagi-

* «Estás lejos de este corazón, hacia ti vuelo con el pensamiento, nada quiero ni nada espero, solo que pienses en mí...». «¡Oh, vida, oh vida mía! ¡Oh, corazón de este corazón! Fuiste mi primer amor, el primero y el último serás...». *(N. del T.)*

narme lo que hace. Se sienta en la litera, se quita las botas, la camisa, el aparato queda a la vista. Cada vez se le marca más. Ahora, que nadie lo ve, se permite hacer muecas de dolor, pero enseguida se calma y respira hondamente. Mira un momento el frasco de la morfina, que tiene en la cabecera de la cama, y parece considerar la posibilidad de inyectarse una dosis, que le aliviaría el dolor. Pero al final desiste, cruza las piernas sobre la cama, endereza la espalda, junta las manos en el regazo y adopta la postura de yoga.

Cierra los ojos...

19 de octubre de 1940
05:45 horas
A 1,5 millas de Santa María de las Azores

Frente a la proa del *Cappellini* se ve una franja rosada que anuncia el día y, a la izquierda, el perfil oscuro de una isla con montañas altas y escarpadas. Esta isla es Santa María de las Azores. El mar se ha calmado, pero el viento sigue soplando con fuerza. El barco avanza plácidamente hacia una bahía que parece bien resguardada, no sé cómo se llama, nunca he estado en las Azorcs. Todaro ordena a los belgas que bajen de la torreta y esperen en cubierta, donde está él, de pie, azotado por el viento, con Barletta, el señalador.

Desde el faro nos hacen señales de luz en morse, que Barletta descifra:

—Insiste, mi comandante. Quiere saber quiénes somos, nuestra nacionalidad y nuestras intenciones.

Todaro se lo toma a risa.

—El guardián del faro... —dice.

—Sí, mi comandante.

Está fumando tranquilamente, todos fumamos ya tranquilamente, después de días haciéndolo como faquires, según nos enseñó Mulargia.

—Muy bien —dice Todaro, abre la escotilla y grita por ella—: ¡Muchachos! El guardián del faro quiere saber quiénes somos. ¿Le enseñamos la bandera?

Por la escotilla se oye un grito:

—¡La bandera!

—¡Venga, rápido! —los apremia Todaro.

Pese a las sorpresas y a las adversidades, Todaro es capaz de hacer estas cosas.

Y mientras el faro sigue pidiéndonos que nos identifiquemos con destellos de luz en alfabeto morse, por la escotilla salen dos, tres, cuatro, cinco bultos. Son Leandri, Bastino, Negri, Cecchini y Nucifero. Llevan una bandera negra. Suben a la torreta, la colocan en el asta y la izan. En el cielo que clarea, la bandera empieza a ondear enseguida y se ve que es la bandera negra de los piratas, una que Todaro se agenció no se sabe dónde y se trajo a bordo, y que ahora excita la imaginación de los muchachos. Porque son eso, muchachos, que, si no hijos suyos, sí podrían serlo míos. Y siguen saliendo bultos negros por la escotilla y reuniéndose en la proa.

—¡Viva el rey! ¡Vivan los piratas! —gritan.

Todaro ríe. El *Cappellini* entra en la bahía.

43. RECLERCQ

Es un amanecer claro, ventoso. En los botes salvavidas, en grupos de cuatro, van desembarcando a mis compañeros en la playa. Débiles, heridos, impresionados, por fin respiran a pleno pulmón. Estar vivos y verse rodeados de tanta belleza es un don absurdo, violento. Miran por última vez el submarino que los ha llevado hasta allí y los marineros italianos, reunidos en cubierta, los miran a ellos. Algunos se despiden. Por último, quedamos Vogels y yo, que estamos con el comandante. De pronto, Vogels quiere hablar y me pide que traduzca.

–¿Quién es usted? –pregunta.

El comandante italiano se atusa la perilla y contesta:

–Un hombre de mar, como usted.

Vogels hace una pausa y dice otra cosa en flamenco, yo lo miro sorprendido y dudo si traducir, hasta que él me insta a hacerlo con un ademán y yo traduzco:

–Transportábamos aviones ingleses.

El comandante italiano no se inmuta.

–Me lo imaginaba –responde. Ahora el lacónico es él y a Vogels se le suelta la lengua.

–¿Sabe que yo, en su lugar, no les habría rescatado a ustedes?

El comandante contesta:

–Es la guerra.

–¿Por qué nos ha salvado?

El hombre al que le debemos la vida esboza una sonrisa, un gesto casi imperceptible en su rostro de combatiente.

–Porque nosotros somos italianos –dice.

Vogels le estrecha la mano y añade (creo que no ha hablado tanto en su vida):

–Tengo cuatro hijos. Dígame al menos su nombre para que recen por el hombre que le salvó la vida a su padre.

–Dígales que recen por el tío Salvatore.

Los dos comandantes se miran un momento. Lo que el italiano acaba de decir los ha convertido de pronto en hermanos y Vogels parece que va a ser el primer marinero de Ostende que llore. Pero se reprime, da media vuelta y sube al bote.

Me toca. Yo también quiero decirle una cosa.

–Comandante, yo no tengo hijos, pero...

–Pues téngalos –me interrumpe–, tenga muchos.

—No sé cómo darle las gracias —balbuceo. No quería terminar así la frase que empecé a decir, pero no se me ocurre otra cosa. No es más que una fórmula, pero el tío Salvatore me toma la palabra.

—Yo le diré cómo darme las gracias.

—Diga.

—Dice usted que estudió letras clásicas, ¿verdad?

—Sí.

Y, de nuevo para mi sorpresa, se saca la cartera de la chaqueta del uniforme, de la cartera saca un papel muy arrugado y me lo da.

—Dígame qué pone aquí.

Es una frase en griego antiguo escrita con letra vacilante. La leo, pero la traduzco con dudas, sin entender bien su sentido.

—¿De qué texto proviene? —le pregunto.

Me contesta que no lo sabe.

—Podría ser la *Ilíada*... —digo, más bien para mí, y él me pregunta de nuevo qué pone—. Nada —le contesto, y esta vez el sorprendido es él.

—¿Cómo que nada?

—Es una genealogía —le explico—, en la *Ilíada* hay muchas. —Miro al hombre que me ha salvado la vida, me pregunto qué tiene que ver con lo que dice el papel y traduzco—: «Sísifo, hijo de Eolo, que tuvo por hijo a Glauco, que a su vez engendró a Belerofonte, perfecto, inmaculado».

—¿Eso solo? —pregunta el tío Salvatore.

—Eso solo —respondo.

Le devuelvo el papel, él se lo guarda y sonríe: esta vez es una sonrisa ensimismada, reminiscente.

–Gracias –me dice y me estrecha la mano.

Un apretón de manos, sin embargo, no me basta y le doy un abrazo, y siento el acero de la coraza contra mi pecho, pero también el calor del cuerpo que esa coraza aprisiona, y como no soy militar, sino un profesor de griego y latín que ha vivido lo suyo, ni soy de Ostende, cuando él me abraza también estrechamente rompo a llorar. Luego subo al bote, donde Vogels y dos marineros italianos me esperan para el último desembarco.

Nos alejamos del submarino y él nos mira. Tocamos tierra y él nos mira. Nos reunimos con nuestros compañeros y él nos mira.

Aunque la guerra lo mate, no morirá.

44. MARCON

19 de octubre de 1940
08:15 horas
Santa María de las Azores

La bahía se llama Vila do Porto, es preciosa y brilla bajo el sol de otoño. Hemos desembarcado a todos los náufragos, los muchachos están colocando los botes salvavidas en su sitio. Solo faltan Giggino y Vincenzo el Pobre, que han ido a comprar provisiones al mercado del pueblo.

–Comprad muchas patatas –les dijimos.

Desde la torreta del *Cappellini*, Todaro pasea la mirada por la tierra verde de la isla y parece contento, incluso feliz, todo lo feliz que puede uno estar en la guerra.

45. TODARO

El joven oficial belga me cita de memoria una reflexión de Voltaire sobre la felicidad: los hombres buscan la felicidad como los borrachos su casa, saben que está en alguna parte, pero no la encuentran.

Yo no entiendo esta manía que tienen los filósofos con la felicidad. ¿Qué es la felicidad, vamos a ver? No puede ser un fin, sino, como mucho, un premio que recompensa el trabajo duro.

Aunque, ahora que lo pienso, Rina, me da igual.

Estoy escribiéndote una canción, una canción triste. Algún día, seguro que todos estaremos de acuerdo en que las buenas canciones son tristes. ¿Quieres que te recite los primeros versos? Mejor no. Te la cantaré cuando regrese, ahora vamos a zarpar. El griego asiente en alguna parte del espacio y del tiempo.

Yo estoy de nuevo dispuesto a atacar y hundir a

todos los enemigos que se crucen en mi camino y a volver a salvarles la vida cueste lo que cueste.

Es lo que se ha hecho siempre en el mar y es lo que se hará siempre.

Y malditos sean los que no lo hagan.

EPÍLOGO

Al mes del hundimiento del *Kabalo*, Bélgica abandonó la neutralidad y entró en guerra del lado de Inglaterra.

Salvatore Todaro murió dos años después, el 14 de diciembre de 1942, cuando fue alcanzado por una ráfaga de ametralladora de un Spitfire inglés en las costas de la Galita, en Túnez, a bordo del pesquero armado Cefalo, que regresaba de una misión nocturna. Murió durmiendo, como había predicho.

Todos los tripulantes del *Kabalo* sobrevivieron a la guerra.

Acabada esta, Vogels, Reclerq y otros compañeros fueron a Livorno a conocer a la mujer de Todaro, Rina, y a su hija Graziella Todaro, a la que el comandante no tuvo la dicha de conocer.

Colocaron una placa conmemorativa en la lápida de su Salvador, como muestra de agradecimiento.

175

De los ciento cuarenta y cinco submarinos italianos que combatieron en la Segunda Guerra Mundial, solo treinta y seis sobrevivieron.

Todos los demás reposan en el fondo del mar, cubiertos de cruces de coral.

APÉNDICE
LISTA DE DIVINIDADES MARINAS

Mami Wata
Loa que reúne a todos los espíritus marinos de África
y de la diáspora africana.

Agwé
Loa vudú del mar.

CULTURA AINU

Repun Ka
Kamui del mar con apariencia de orca.

MITOLOGÍA ARMENIA

Tsovinar
Diosa del mar y de las tempestades.

MITOLOGÍA ASIRIO-BABILONIA

Ea
Gran divinidad de las aguas.

Tiamat
Divinidad del caos y de las aguas saladas, madre de todos los dioses.

Sirsir
Hijo de Tiamat, dios de los marineros.

MITOLOGÍA AZTECA

Huixtocihuatl
Diosa del agua salada.

Chalchiuhtlicue
Diosa de los lagos, de los ríos, de los mares y de las tempestades.

MITOLOGÍA CANANEA

Yam
Dios del mar y del caos primordial.

Asherah
Madre de los dioses y divinidad de la sabiduría y del mar.

MITOLOGÍA FENICIA

Halieus
Tritón cornudo, dios de la pesca.

Pateci
   Divinidades protectoras de los navegantes.

CULTURA CHINA

Wang Yuanpu
   Rey del palacio de los mares orientales.

Mazu
   Diosa del agua y protectora de las gentes de mar.

Aojun
   Rey dragón del mar occidental.

Aoguang
   Rey dragón del mar oriental.

Aoqin
   Rey dragón del mar meridional.

Aoshun
   Rey dragón del mar septentrional.

Hai Re
   Dios del mar.

Hung Shing
   Dios del mar protector de los pescadores.

Tam Kung
   Divinidad del mar.

Shuixian Zunwang
   Nobles inmortales del reino de los mares.

Gonggong
Terrible dios de las aguas, que ha dado nombre a un planeta enano del sistema solar y cuya pequeña luna se llama *Xiangliu*, como su monstruoso sirviente, de nueve cabezas y cuerpo de serpiente.

MITOLOGÍA CÉLTICA

Lir
Dios irlandés del mar.

Llyr
Dios galés del mar.

Manannán mac Lir
Divinidad marina irlandesa.

Nodens
Dios de la curación, del mar, de la caza y de los perros.

CULTURA CRISTIANA

Virgen María
Stella Maris, madre de Jesús, patrona de todos los que se hacen a la mar.

San Pedro Apóstol
Protector de los pescadores y de los papas.

San Andrés Apóstol
Protector de los marineros, de los pescadores y de los cantantes.

San Antonio de Padua
Sacerdote y doctor de la Iglesia, protector de los marineros, los pescadores, los hambrientos, los animales, los niños, los caballos, las mujeres embarazadas, los novios, el matrimonio, los nativos americanos, los objetos perdidos, los oprimidos, los pobres, los viajeros.

San Nicolás de Bari
Obispo, protector de los marineros, los niños y cualquier persona que se vea en apuros.

Santa Bárbara
Mártir, patrona de los marineros, los arquitectos, los artilleros, los campaneros, los ingenieros medioambientales, los mineros, los albañiles, los paragüeros, los bomberos.

San Francisco de Paula
Ermitaño, fundador de la Orden de los Mínimos, patrón de los marineros de Italia, al que se invoca contra los incendios, las epidemias y la esterilidad.

San Francisco Javier de Navarra
Sacerdote, protector de los marineros y misioneros.

Santa María de Cervellón
Virgen, protectora de los navegantes en apuros y de los náufragos.

Santa Adelaida de Borgoña
Dos veces reina consorte de Italia, protectora de los bateleros, los barqueros y los amarradores.

Santa Francisca Cabrini
　　Misionera, protectora de los emigrantes en travesías oceánicas.

San Elmo
　　Obispo y mártir, también conocido como san Erasmo de Formia, protector de los navegantes al que se invoca durante las tormentas marinas.

Santa Eulalia de Barcelona
　　Virgen y mártir, patrona de los marineros y protectora contra la sequía.

Beato Pedro González
　　También conocido como san Telmo, dominico, protector de los navegantes y los pescadores.

San Focas el Hortelano
　　Mártir, protector de los marineros, los jardineros y los hortelanos.

San Adalberto de Praga
　　Obispo y mártir, protector de los marineros.

Santa Amalberga de Maubeuge
　　Viuda y monja, patrona de los marineros y los agricultores, que protege del granizo, las contusiones y las luxaciones.

San Cutberto de Lindisfarne
　　Obispo, protector de los marineros.

San Brandán el Navegante
Abad, protector de los marineros, los navegantes y las casaderas.

MITOLOGÍA HELÉNICA

Poseidón
Rey del mar y señor de los dioses del mar, los ríos, las tempestades, las inundaciones, la sequía, los terremotos y los caballos.

Anfítrite
Esposa de Poseidón, diosa menor del mar en calma.

Cimopolea
Hija de Poseidón y esposa de Briareo, diosa de las grandes tempestades.

Tritón
Divinidad con cola de pez, hijo y heraldo de Poseidón.

Proteo
Viejo dios del mar, guardián del rebaño de focas y de otros animales marinos de Poseidón.

Ponto
Dios primordial del mar, padre de los peces y otros seres marinos.

Talasa
Diosa primordial del mar.

183

Brizo
Diosa del sueño y protectora de los marineros.

Ceto
Diosa de los peligros y los monstruos marinos.

Doris
Diosa de la generosidad del mar.

Euribia
Diosa del dominio del mar.

Galene
Diosa del mar tranquilo.

Psámate
Diosa de las playas de arena.

Leucótea
Diosa que ayuda a los marineros en apuros.

Forco
Dios de los peligros ocultos en los abismos marinos.

Taumante
Dios de las maravillas del mar y padre de las Harpías y de Iris, diosa del arcoíris.

Idotea
Ninfa del mar e hija de Proteo.

Glauco
Mítico pescador convertido en dios marino.

Nereo

Divinidad del mar tranquilo, con apariencia de anciano robusto.

Palemón

Divinidad marina que ayudaba a los marineros en las tempestades.

Delfín

Fiel mensajero del dios del mar Poseidón.

MITOLOGÍA FINLANDESA

Ahti

Dios de las profundidades marinas.

Vellamo

Esposa de Ahti, diosa de las tormentas.

MITOLOGÍA FIYIANA

Daucina

Diosa de la marinería.

Dakuwaqa

Dios con aspecto de tiburón protector de los pescadores.

MITOLOGÍA FILIPINA

Magwayen

Diosa del mar y de la muerte.

CULTURA JAPONESA

Mizuchi
Legendario dragón marino.

MITOLOGÍA HAWAIANA

Namaka
Diosa del mar.

Kanaloa
Dios del mar y de ultratumba, con apariencia de calamar gigante.

Kamohoaliʻi
Dios con aspecto de tiburón.

Ukupanipo
El gran dios tiburón que protege los lugares donde hay pesca.

MITOLOGÍA HINDÚ

Samundra
Diosa de los mares.

Varuna
Dios de los océanos y señor del orden del universo.

MITOLOGÍA INUIT

Aipaloovik
Dios marino de la muerte y de la destrucción.

Arnapkapfaaluk
Diosa del mar.

Idliragijenget
Dios del océano.

Sedna
Diosa del mar.

MITOLOGÍA HITITA

Illuyanka
El formidable dragón de los océanos.

MITOLOGÍA MAORÍ

Tangaroa
Dios del mar y de la pesca.

MITOLOGÍA LITUANA

Gerdaitis
Espíritu que guía los barcos y a los marineros.

MITOLOGÍA LUSITANA

Duberdicus
Dios de mares y ríos.

MITOLOGÍA ESCANDINAVA

Ran
Diosa del mar que recoge con su red a los ahogados.

Njörðr
  Dios del mar, del viento, de la pesca y de la navegación.

FOLCLORE ESLAVO

Czar Morskoy
  Dios del mar.

Chernava
  Sirena, hija de Czar Morskoy.

MITOLOGÍA SUMERIA

Nammu
  Diosa madre del océano primigenio.

CULTURA VIETNAMITA

Cà Ông
  Dios ballena protector de los marineros.

Esta novela relata hechos reales. A efectos narrativos, se han cambiado algunos nombres y modificado o desplazado en el tiempo algunos acontecimientos y personajes.